傑作長編時代小説

おくれ髪

吟味方与力人情控

辻堂　魁

コスミック・時代文庫

この作品は、二〇〇九年に学研M文庫より
刊行されたものを、加筆修正したものです。

目次

序章　神田川

一ツ橋御門外の上野安中藩《こうずけあんなか》三万石板倉《いたくら》家上屋敷《かみやしき》に異変を知らせる奥女中の声が響きわたった。

「お出合いなされませ。方々《かたがた》、お出合いなされませ。曲者《くせもの》でござりまする」

奥向きを見廻《まわ》る奥女中たちが、屋敷内に呼びかけながら畳廊下を走っていく。

見廻りの女中が、広敷《ひろしき》まで出張《でば》った表向き宿直《とのい》の侍に事情を伝えた。

黒装束の賊三人が、姫君さまお介添え老女・豊浦《とようら》の寝室に侵入した。

寝室には豊浦が就寝中だった。

豊浦が人の気配に気づくと、いきなり冷たい刃《やいば》を喉元《のどもと》に突きつけられた。

「騒ぐな。大人しくしていれば殺さない」

若い男の押し殺した声だったと言う。

豊浦は猿轡《さるぐつわ》を嚙《か》まされ、四肢を縛りあげられた。

隣の部屋にはお側付の女中も休んでいたが、女中は呆気《あっけ》なく縛りあげられ、豊浦の傍らに転がされた。

鮮やかな手口だった。

声をたてる隙《すき》も抵抗する間もなかった。

賊は勝手知ったふうに部屋を物色し、手文庫に仕舞《しま》っていた姫君さまご婚礼のご仕度金、およそ三百両の小判を持ち去った。

見廻りの奥女中が異変に気づいたのは、賊が姿を消したすぐあとだった。

賊の侵入を知り広敷へ駆けつけた長屋の侍たちも、すわっ、賊はまだ屋敷内にいるに違いないと、龕燈《がんどう》を手に四方へ散った。

間もなく、

「いたぞおっ」

「屋根だ、屋根の上だあっ」

「いたぞお、追ええ……」

侍たちの声が千々《ちぢ》に乱れ飛んだ。

奥向きの庭に入ることを許された侍たちが、庭を伝って屋根屋根を飛び移る三つの黒い影を追った。

見廻りの女中たちの掲げる手燭《てしょく》が、屋内に揺れていた。

屋根の影は裏門の方角に走っていく。

まるで三つの黒い影が夜空を飛んでいるかのようだった。

「裏門へ逃げるぞおっ」

裏門にもその声が届いた。

六尺棒をにぎった門番たちは、身を硬くし、内本家の屋根を見あげていた。

くるのか？

だが、賊は裏門に現れなかった。

三つの影は屋根の大棟《おおむね》の先端に立ちどまり、眼下を蠢《うごめ》く追っ手の明かりを悠然と見おろしていた。

追っ手が眼下で騒いで、明かりが縦横に走っていく。

三つの影は互いに顔を見合わせた。

それから眼下の騒ぎを尻目《しりめ》にかけ、夜空に向かって長く物悲しげに吠《ほ》えた。

はおおお、はおおお……

星空に響きわたるどこか悲愴《ひそう》な、狼《おおかみ》の呼び声だった。

これが噂《うわさ》の銀狼《ぎんろう》か。

侍たちは龕燈をかざし、浮かびあがる三つの影を見あげ顔を強張《こわば》らせた。

ひとしきり夜空に吠えた銀狼が踵《きびす》をかえした。

再び屋根屋根を伝い、風をきって夜空を走り、飛んだ。

そして銀狼の影は忽然《こつぜん》と消えた。

銀狼の影を追い右往左往した侍たちはなす術《すべ》もなく、息を乱しながら呆然《ぼうぜん》と夜空を見あげているばかりだった。


板倉家よりの訴えで、北町奉行所の当番同心や呼び出しを受けた廻り方が動き、一ツ橋御門外の武家屋敷界隈《かいわい》に警戒の備えについた。

そのうちに、南町奉行所の廻り方も応援に駆けつける。

両奉行所の廻り方は、賊がほかの武家屋敷の庭などに潜んでいる場合を考え、手分けして飯田町《いいだまち》、小川町《おがわまち》、番町《ばんちょう》の濠から神田川にいたる武家屋敷地の辻《つじ》番に隈《くま》なくあたり、ご近所の警戒を強めるよう要請した。

さらに別の一隊は、内神田の町地へ探索の手を広げ、自身番に各町内の裏店《うらだな》、路地、材木置き場、寺社の縁の下などの隅々まで見廻りを促した。

しかし、南北両町奉行所の町方が動く前、三体の狼は屋根屋根を飛び移り、塀を乗り越え、伝い、屋敷の庭を音もなく抜け、寝静まった小路大路をおのれの技を育《はぐく》んだ原野《げんや》のように駆けた。

やがて、狼たちは声も合図もなく三手に分かれ、闇《やみ》にまぎれていった。


賊の侵入から半刻（一時間）がたった。

北町奉行所定町《じょうまち》廻り方同心・石塚与志郎《いしづかよしろう》は、竜紋裏《りゅうもんうら》黒羽織に白衣《びゃくえ》の定服《じょうふく》に包んだ大きな体軀《たいく》をゆすって、筋違《すじかい》御門から和泉橋《いずみばし》方角へ向け、神田川沿いの柳原《やなぎわら》堤《づつみ》に雪駄《せった》を鳴らしていた。

奉行所の御用提灯《ぢょうちん》を提げた小者と若い手先が、ぼってりと太った重たげな体軀にもかかわらず素早い足どりの石塚の前後に従っていた。

とき折り、呼子《よびこ》が遠くで響き、夜道を駆ける足音が町々を騒がせる。

石塚は、今年の二月、銀狼が番町の交替寄合の旗本屋敷に侵入した最初の一件の掛《かかり》になって以来、一味の仕業《しわざ》と思える押しこみのあった界隈を廻って訊《き》きこみをし、足どりを独自に探ってきた。

一味の押しこみが数を重ね、貧しい町民への施《ほどこ》しの噂とともに読売の瓦版《かわらばん》が義賊銀狼という評判を書きたて始めたのは、三月になってからだった。

石塚が、もしかして銀狼一味は舟を使っているのではないかと勘を働かせたのも、そのころだった。

どうも引き際がもやもやして、すっきりしねえ。

石塚は、銀狼の襲撃があった夜は自ら出張り、現場に近い川筋をたどって、まれに浮かんでいる川舟を調べて廻っていた。

そしてその夜も、銀狼につながる手がかりが見つかるのではないかと思いながら、柳原堤を見廻っていたのだった。

「旦那《だんな》、日除《ひよ》け舟が見えやすぜ」

手先が暗い神田川に浮かぶ一艘《いっそう》の舟の方角に提灯をかざした。

「怪しいな。平助《へいすけ》、そこの岸につけさせろ」

石塚が太い首筋の汗を手拭《てぬぐい》でぬぐいつつ命じた。

出っ歯の平助が堤をひとっ走りして水際に駆けおり、御用提灯を川面《かわも》に掲げた。

「おおい、そこの舟。御用の筋だ。ちょいと岸につけてくれ」

頬《ほお》かむりの船頭が気づき、竿《さお》を巧みに操って舟を静かに岸辺へ廻した。

石塚はどたどたと堤の雁木《がんぎ》をくだってきた。

舟は日覆《ひおおい》の屋根から簾《すだれ》がおりている。

奥の薄く灯《とも》った行燈《あんどん》の灯がもれ、舟の描く波紋の間に揺れていた。

人影がひとつ、行燈のそばに見える。

石塚が朱房のついた十手《じって》を見せた。

「お役目、ご苦労さまにごぜいやす」

御用提灯の灯が、腰を折った船頭の顔を照らした。

日に焼けた頬が痩《こ》けていた。

痩肉《やせじし》を縮めているが背は大柄な石塚ほどあった。

「どこの船宿だ」

「へえ。下柳原の恵比寿家《えびすや》さんでお世話になっておりやす」

「恵比寿家、そんな船宿があったかな。名前は」

「八助《はちすけ》と申しやす」

「年は」

「この春で、四十七に……」

石塚は船頭の伏目がちな顔をまじまじと見つめた。

船頭らしくない精悍《せいかん》な面差《おもざ》しだった。

「こんな刻限まで、仕事かい」

「四ツすぎに、牛込《うしごめ》の先まで頼まれやして」

石塚は簾を透かして見える日覆の中の客に目を移した。

「そろそろ九ツだぜ。ずいぶんかかったじゃねえか」

「ゆっくりでいいと、お客さまに言われやしたもんで」

「中は女だな。男もいたのか」

船頭は黙って頷《うなず》いた。

そういうことか、石塚は日除け舟の中の男と女の密会を思い浮かべた。

石塚と平助が乗りこむと舟がゆれた。

「開けるぜ」

平助は返事も待たず簾を持ちあげ、提灯を向けた。

板子《いたご》に敷いた花茣蓙《はなござ》に角行燈が灯り、傍らで女が手をついていた。

銀鼠《ぎんねず》の小袖《こそで》に浅葱《あさぎ》と黄の菖蒲《あやめ》の模様がしっとりと浮かんだ。

「ひとりかい。名前を聞かしてくれ」

顔をあげた女と目が合い、石塚は息を呑んだ。

額から頬と顎《あご》にかけていく分面長な表情は、まるで錦絵からつむぎ出してきたようにやわらかでいて、白い輪郭は薄明かりをくっきりときりとっていた。

忍《しの》ぶ髷《わげ》からほつれたおくれ髪が、白磁の首筋に薄墨を刷《は》いていた。

年増《としま》だったが、まだ二十歳《はたち》をすぎて間もないところか。

「花守《はなもり》と申します。柳橋《やなぎばし》の宝井《たからい》で世話になっております」

「置屋《おきや》だな。柳橋のどこだ」

「第六天門前町でございます。主《あるじ》は井左衛門《いざえもん》と申します」

花守の後ろに三味線《しゃみせん》を仕舞う筥《はこ》がおいてある。

三味線の筥を持つ箱屋がいない。

女はひとり、男もひとり、馴染《なじ》みにしっぽりと弾いて聞かせたってか。

こんな芸者と一度は馴染みになってみてえもんだ。

「どっからきて、どこまでいくんだ」

「下柳原の船宿・恵比寿家さんからお客さまを牛込の先までお見送りし、ただ今恵比寿家さんに戻る途中でございます」

「客は誰だ。名前は……」

すると女は、つつと石塚の前に進み、襟元《えりもと》から小さな紙包みを差し出した。

「差し障《さわ》りがございます。どうか、お名前はお許しくださいまし」

石塚は女が足元の胴船梁《どうふなばり》においた紙包みを見た。

女の白粉《おしろい》の芳香が匂った。

「侍か？」

女は石塚に両掌を合わせ、こくりと頷いた。

「ずっと舟の中にいたんだな。じゃあこの川筋のどこかで、怪しげな舟とか人とかを見かけなかったかい」

「どなたも。とき折り、呼子が遠くで聞こえましたが……」

「よかろう。芸者と馴染み客の詮索が目的じゃねえ。いっていい」

石塚は紙包みを袖に仕舞い、船頭に言った。

舟をおりると、船頭が岸辺を竿で「せい」と突いた。

舟が漆黒《しっこく》の川面にすべり出し、女が日覆の簾をわずかに持ちあげて岸辺の石塚に艶《つや》めいた目礼を投げた。

石塚はどきりとした。

舟はたちまち闇の中に灯るほのかな明かりだけになった。

石塚らは堤にあがった。

また堤を和泉橋方向へ歩みながら、舟の明かりが小さくなっていくのを目で追った。

出っ歯の平助がしみじみと言った。

「いい女でやしたねえ、旦那。魂消《たまげ》やしたよ」

ああ？

石塚が川筋をぼうっと見惚《みと》れ生返事をかえしたので、平助と小者はぶふっと吹き出した。

第一章　銀　狼

一

文政《ぶんせい》二年（一八一九）閏《うるう》四月一日、永田《ながた》備後守正道《びんごのかみまさみち》死去にともない榊原主計頭《さかきばらかずえのかみ》忠之《ただゆき》が北町奉行に襲職した同じ日、北町奉行所詮議役吟味方《せんぎやくぎんみかた》与力・鼓晋作《つづみしんさく》は、助《すけ》から本役《ほんやく》に昇任した。

鼓晋作、三十三歳の夏の初めである。

その日夕刻、八丁堀地蔵橋北方《じぞうばしきたかた》にある鼓家の屋敷では、鼓又右衛門《またえもん》が、裃《かみしも》に正装し、倅《せがれ》・晋作の本役昇任内祝いの客を迎えていた。

又右衛門は四年前、晋作が高江《たかえ》との婚儀が決まったときに北町奉行所諸問屋組合再興掛《かかり》与力を退《しりぞ》き、家督を倅に譲って隠居の身になっていた。

内祝いと言っても、母親・喜多乃《きたの》の実家・川越《かわごえ》領松平《まつだいら》家の番方《ばんかた》を務める羽生《はぶ》家の叔父《おじ》や叔母がはるばる川越から訪ねてくるし、高江の両親、小十人《こじゆうにん》格旗本・志村文左衛門《しむらもんざえもん》夫婦と家督を継いだ高江の兄・武司郎《たけしろう》が駆けつける。

むろん、鼓家の親戚縁者は当然顔をそろえるから、祝宴の座敷では夕刻より早くも賑《にぎ》やかに酒が酌《く》み交わされていた。

又右衛門は、玄関に高張り提灯《ちようちん》を灯《とも》した冠木門《かぶきもん》に客を出迎え、

「よう、よう。変わらんのう」

などとみな縁者という気安さもあって上機嫌に声をかけ、息災を喜び合いつつ、途ぎれることのない訪問客の接待に大童《おおわらわ》であった。

何かと暢気《のんき》な母親・喜多乃は、久しぶりに顔を会わせた親類とつもる話がつきず、ふっくらとした大きな身体をゆすり、いつものゆるいお喋《しやべ》りと笑い声を座敷にふりまいていた。

妻・高江は、四歳の苑《えん》と元気に這《は》い廻る十カ月の麟太郎《りんたろう》を下女の加代《かよ》に子守をさせ、客に出す料理に酒、料亭、菓子屋の仕出しの手配、台所働きの下男下女、中間《ちゆうげん》への餅搗《もちつ》きの指図に追われていた。

そのうえに、客が従えてきた供へ配慮もし、晋作の奥方として客への応接に座敷にも出ねばならず、いっときも座っている暇はなかった。

晋作はと言うと、年番方筆頭《ねんばんかた》与力・福澤兼弘《ふくざわかねひろ》の差し添えのもと、北町奉行所から数寄屋橋《すきやばし》の南町奉行所へ向かい、南町奉行・岩瀬加賀守氏紀《いわせかがのかみうじのり》を始め、与力同心へ本役昇任の挨拶《あいさつ》の廻礼に忙しい。

昇任お礼の進物、祝儀金は、与力同心のみならず中間小者などにも組頭をとおして配るのが慣例で、すべて本人・晋作の負担である。

両奉行所の挨拶廻りがひととおりすみ、詮議役筆頭であり晋作の上役である柚木常朝《ゆずきつねあさ》と明日からの勤めの打ち合わせも終え、地蔵橋の屋敷に戻ったときはもう六ツ（午後六時）になっていた。

晋作の供をして戻ってきた家士・相田翔兵衛《あいだしょうべえ》が高江に、

「あとの指図はわたくしにお任せください。奥さまは旦那《だんな》さまと一緒にお客さまへご挨拶をしていただかねばなりません」

と促し、継裃《つぎかみしも》のままの晋作と高江はようやくそろって座敷に着座した。

二人は親類縁者一人ひとりの本役昇任祝いの口上と差される酒を受け、そのあとは祝いに駆けつけてくれた礼を述べ、酒を差して客席を廻る。

祝宴が賑やかに盛りあがる中で、晋作が諸問屋組合再興掛ではなく吟味方に配属された人事に話題がおよぶと、

「そうよ、そのことだ。よくぞ訊《き》いてくれた」

と又右衛門は訊かれもせぬのに、ひとり息子の晋作の教育に心血をそそぎ育て吟味役に出世させた父親の苦労話がはずみだすのであった。

喜多乃が、また始まった、と夫をたしなめ、

「そのお話はみんなもう何度もうかがっております。あなたが始めると話が長いのですよ。晋作も困っておるではありませんか」

と口を挟んだ。

「はて？　そうであったかのう」

又右衛門は、本心なのかわざとなのかわからない素ぶりで応じ、隠居夫婦の息の合ったとぼけたやりとりが、宴に失笑と愛嬌《あいきょう》を添えるのであった。

晋作が町奉行所与力の父親・又右衛門の仕事を覚えるため、無足見習で北町奉行所に初出仕したのは十二歳の春だった。

無足見習は無給である。

無足見習から銀十枚の手あての出る見習になり、手あて二十両の本勤並《ほんづとめなみ》を経て、決まっているわけではないが、いずれ父と同じ諸問屋組合再興掛与力本勤に就く、

のだろうと、晋作は思っていた。

与力ではあっても太平の世、諸問屋組合再興掛の事務官を営々と過不足なく勤めあげた又右衛門が、晋作のはつらつとした成長ぶりに安堵《あんど》して、
そろそろ引きどきかの――

などと周囲にもらし始めていた矢先の文化《ぶんか》五年（一八〇八）春、二十二歳になった晋作に詮議役助の辞令が下った。

驚いたのは晋作よりも父・又右衛門だった。

与力の各掛任命は年番方の届けにもとづいて、奉行が本人の能力を見きわめ決定する。中でも詮議役、通称吟味方与力は南北両奉行所の有能な人材が集められており、年番方に次ぐ重要な掛である。

与力、相撲《すもう》に火消しの頭《かしら》――

江戸庶民の花形三男を囃《はや》すこの与力は、普通、吟味方与力を指している。

与力同心に採用されても、吟味方は誰でもが任用される役目ではなかった。

その花形与力に倅が就いた。

又右衛門はおのれのことのように喜び、自慢に思った。

だが心配になった。

「あれに、務まるのかな……」

しかし又右衛門の心配をよそに、吟味方に就いた晋作への評価は高く、父親としての自尊心を満たすには十分すぎるほどだった。

北御番所詮議役のきれ者、いずれ鼓は筆頭与力にのぼるであろう……

そんな噂《うわさ》も又右衛門の耳に入ってくる。

すると欲が出た。

助からいつ本役に昇任するのか、それで今度は気をもむ始末だった。

「気配りを働かせて、みなさまに可愛がっていただくように。我《が》を張って角《かど》をたててはならんぞ」

上役への五節句の進物献上品は怠《おこた》るな。目だちすぎてはいかん。

と言って、出世競争相手の朋輩《ほうばい》のふる舞いには遅れをとらぬように。

又右衛門の処世指南は細かい。

いき届いている。

晋作は穏やかに微笑《ほほえ》み、「はい」「はい……」と父親の教えに従順だった。

ただ頷《うなず》いてはいても、そういう処世にはあまり頓着《とんちゃく》しなかった。

仕事には精励《せいれい》したし、みな晋作の仕事ぶりには一目おいた。

晋作の穏やかな人柄は、奉行所内の中間小者にも評判がよかった。

又右衛門が奉行所を退いて、晋作は二百石とり与力の家督を継ぎ、旗本の娘・高江を娶《めと》り、長女・苑が生まれ、去年、長男の麟太郎も生まれた。

詮議役の務めも、目が廻るほど忙しくなった。

十年がすぎた。それでも助の役目は変わらなかった。

又右衛門には、唯一それが気がかりだった。

「どうも晋作は、少し融通のきかぬところがある。役にもたたぬ本ばかり読んでおるからだ」

けれども、母親の喜多乃も妻の高江も、当の晋作も、助のままで出世しそうにないことをいっこうに気にするふうではなかった。

鼓家の使用人たちは、穏やかな旦那さまと、ちょっとそそっかしい大旦那さま、暢気な大奥さま、美しく賢い奥さま、可愛らしいお嬢さまと坊っちゃまのいる主人一家に、みなほのぼのとした温《ぬく》もりを感じていた。

文政二年新春、花嵐《はなあらし》の一件の探索指揮を命じられ、その始末をつけた功績によって、晋作に助から本役昇任の辞令が出た。

二十二歳で詮議役助に任用されてから足かけ十二年かかった。

十二年もかかったわけには、あまりに早い出世は周囲に妬《ねた》み嫉《そね》みを生む恐れがあると、与力支配役の間で配慮が働いたという噂も出たけれども、真偽のほどは定かではない。

いずれにせよ、又右衛門の十年来の肩の荷がやっとおりたわけである。


「わしの言いたいのはだな」

とにかく、又右衛門は話したくて仕方がない。

「晋作の教育には心を砕いたということさ。子の七光だよ、ははは……」

「子の七光などと嫌味な。武士はご自分の中身ですよ。ねえ」

喜多乃が高江に同調を求め、高江はくすりと笑った。

すると、晋作の従兄《いとこ》で学問所勤番組御家人の青山敬之進《あおやまけいのしん》が又右衛門と喜多乃の間をとり持って言った。

「まああ、伯母《おば》上、よろしいではありませんか。今夜はわたくし、母の命令で伯父上の倅自慢をじっくりうかがう覚悟で参りましたからね」

「あら、敬之進さん、お気遣《きづか》いすみませんねえ。やはり伊都《いつ》さんは又右衛門どのの血を分けた妹、兄の気質をよくご存じですわ」

「ほらみろ。敬之進も聞きたいと言うておるではないか。敬之進、さすがわが甥《おい》、見どころがある」

「こたえない人ですねえ。もう好きになさいませ」

たしなめる喜多乃の周囲から、賑やかな笑いが起こった。

敬之進は周りと一緒になって破顔しつつ、又右衛門の自慢話をちゃっかりそらし、晋作に盃《さかずき》を差した。

「ところで晋作さん、近ごろ妙な盗人《ぬすっと》一味が世間を騒がせておるようですが、花嵐に続いて吟味方本役昇任早々、手強《てごわ》そうなのが現れましたな」

「ああ、銀狼の一件ですか……」

「探索は進んでいるんですか」

すると、何か言いかけた晋作を差しおいて又右衛門が訊いた。

「ぎんろう？　なんのことだ。ぎんろうとは字はどう書く」

「伯父上はご存じではありませんか。銀の狼《おおかみ》と書いてぎんろうと読む、夜盗の一味です。二、三カ月前から町方《ちょうかた》でじわじわと噂が広まり、今ちょっとした評判になっております」

「夜盗ごときが、なぜ評判なんだ」

「それが妙な評判でしてね。大身《たいしん》の武家や札差《ふださし》の屋敷から金を盗んで、町方の暮らしに困っている細民《さいみん》に施《ほどこ》しをして廻ってるというんです」

「わたくしも存じてます。読売で読みました。浅草の裏店《うらだな》ではいくらまいた、日本橋のどこそこではいくら施したと、近ごろ、あちこちで銀狼の噂が飛び交っているそうですね」

喜多乃が珍しく興味を示した。

そうそう、今、話題になってますね、と周りから同調する声があがった。

「なんだそれは」

「ですから、金持ちの屋敷に押し入って盗んだ金を貧乏人に施すんです。伯母上の仰《おつしや》った読売の中には、義賊銀狼、とまで書いたのも見ましたよ。金持ちばかりを優遇し貧しき民へ目がいき届かないご政道への挑戦と、大胆に踏みこんだ内容が書いてありましたな」

「挑戦とは不穏だの。しかし所詮《しよせん》は盗んだ金を施すのであろう。それでご政道が変わるわけでもあるまいが、町民の受けを狙った義賊を装い、おのれらの悪事から世間の目をそらすためのあざとい手口なのではないか」

「でも確かに、町民ではありませんけれど身分の低い武家の中にだって、蔵前の蔵宿《くらやど》に高利の借金をしたり借金の斡旋《あっせん》と称して利息の上に礼金などとられ、本当に苦しんでる方はたくさんいらっしゃいますよ。思いますに、ご政道が世の中の貧しい人や弱い人にちゃんと手を差しのべないから、銀狼の評判が高くなるのではありませんか」

と喜多乃が言ったので、又右衛門が慌てた。

「こ、これ、おまえ、そのようなこと、町方《まちかた》の家の者が言うてはならん。誤解を招くではないか」

「いいではございませんか。みな親戚なのだし。蔵宿に借金がふくらんで二進《にっち》も三進《さっち》もいかなくなり、ご譜代の身分を捨てて夜逃げをなさったお武家もいらっしゃいます。きっと、思いあまった末なのでございましょうね」

「それはだな、日ごろから分相応の暮らしを心がけておらぬからそういうことになる。武家としてのわきまえが足らんのだ」

「そうとは限りませんよ。分相応につましく暮らしておりましても、家族の中で重い病人が出たとか、のっぴきならぬ費《つい》えが重なったとかで、やむを得ずお金を借りなければ暮らしていけないことが起こるものです。先のことはどなたにもわかりません。銀狼が持て囃されるのは、きっと多くの人が今の暮らしをつらいと感じていることの裏がえしなのだと、わたくしは思います」

しかし、おまえ……と又右衛門は口ごもった。

晋作と高江は、普段は隠居暮らしを暢気に送っていると思っていた喜多乃が、読売の伝える銀狼に関心を払っていたことが意外で、顔を見合わせた。

ははは……

敬之進がわざとらしく笑って場をとり繕《つくろ》った。

「伯母上の仰ることはごもっともです。まったく札差連中は、われらを札旦那と持ちあげておきながら切符米の前借りを頼むと、やれ斡旋料だやれ礼金だと口実を設けて、定めの利息をはるかに超えてわれらから毟《むし》りとっていきますからな。わが家のわずかな切符米など、全部札差に牛耳《ぎゅうじ》られておりますよ」

「本当か、敬之進」

又右衛門が妹・伊都の嫁《とつ》ぎ先の家計を気遣い、心配顔になった。

「全部は大袈裟《おおげさ》でした。半分、いや、三割、二割ほどですかな。ははは……」

又右衛門は甥につられ、ははは……と高笑いをした。

高江の父親の志村文左衛門と小十人格の旗本の家督を継いでいる兄の武司郎が、厳しさはわれらも同じですよ、というふうに傍らで微笑んでいた。

又右衛門は、いい加減な、と呆《あき》れて見ている喜多乃の目を決まり悪げに避けて、晋作に訊いた。

「その銀狼とは、どこから出た呼び名なのだ」

「一味が屋根の上で、満月の輝く夜空に獣を真似《まね》た遠吠《とおぼ》えを響かせ、それから屋根屋根を飛ぶように走って、あっという間に姿をくらました、そのさまが、月光に照り映えて銀色の狼のようだったと、捕り方が言ったのを読売が聞きつけ、瓦版《かわらばん》に銀色の狼と書いた。それが広まったそうです」

「それで銀狼か。一味の数は」

「三人。ですが遠吠えは何かを知らせる合図と思われますから、合図を受ける仲間がほかにいるのではないでしょうか」

「満月に銀色の狼だなんて、まるで絵に画《か》いたようですわね。高江」

喜多乃が高江に微笑んだ。

高江が困った顔をし、敬之進が吹いた。

晋作も笑って言った。

「……ただ母上、銀狼が盗んだ金を貧しい町民に施した評判は、廻り方が噂の出た町民一人ひとりに訊きこみをしましたが、そのようなことはない、あくまで噂にすぎないというこたえでした」

「そうですね。銀狼の施しが盗んだお金とわかっていても、それで本当に苦境を助かった人が申し出ることは、ないのかもしれませんね」

そのとき廊下に足音がし、襖《ふすま》が開いた。

相田翔兵衛が廊下に膝《ひざ》をついた。

「旦那さま、鳶頭《とびがしら》の龍五郎《たつごろう》が組の者を従えて祝いに駆けつけております」

「おお、龍五郎がきてくれたか。どちらに」

「中庭に廻っております」

晋作が立っていき、座敷と縁廊下を仕きる障子を左右に開け放った。

おお――

火消し装束を纏《まと》った火消し衆が龍五郎を先頭に中庭いっぱいに控えていた。

龍五郎は八丁堀界隈《かいわい》の町火消し・二番組・百組の頭である。

一同の前には酒の四斗樽《しとだる》が運びこまれ、赤地に墨の纏提灯《まといちょうちん》や百組の提灯が庭を昼間のように照らしていた。

台所の下男下女、中間、麟太郎を抱いた加代に苑が、庭の枝折戸《しおりど》や縁廊下の端にがやがやと集まっていた。

「鼓さま、本日は本役ご出世、おめでとうごぜえやす」

龍五郎が口をきり、火消したちが一斉に威勢のいい声を響かせた。

おめでとうごぜえやす――

「ありがとう。みんな、よくきてくれた」

「どうか、鏡開きをお願えいたしやす。大旦那さまもご一緒に」

紅潮した晋作と満面の笑みになった又右衛門が、白足袋《しろたび》のまま庭におりた。

木槌《きづち》をにぎって龍五郎や纏持ちと四斗樽を囲むと、

「それでは、よおうっ」

龍五郎のかけ声に合わせ、槌がふりおろされた。

鏡板がごとんと開き、酒が飛沫《しぶき》をあげた。

灘《なだ》の酒の芳香と火消し衆の歓声と、客や見物人の拍手が屋敷内に満ちた。

縁廊下の苑が、小さな手を叩《たた》いて飛び跳ねた。

晋作は庭にぽつねんと佇《たたず》み、星空を見あげていた。

四ツ（午後十時）を廻ったころ、内祝いはお開きになった。

客がいとまを告げ、屋敷内は夜の静けさをとり戻した。石燈籠《いしどうろう》に淡い明かりが灯っていた。

冷たい夜露《よつゆ》が晋作の火照《ほて》った頬を、心地よくなでていた。

夜空の彼方《かなた》から、とき折り、呼子《よびこ》の音が聞こえてくる。

今にも消え入りそうな呼子のか細い響きは、かえって晋作の気持ちを不安にゆらめかせた。

気持ちが昂《たか》ぶっていた。

酒を呑《の》んで、気を許して騒いだせいか。

「あなた、お風邪を召しますよ」

高江が甚兵衛《じんべえ》羽織を手にして縁廊下に立っていた。

晋作は「うん」と頷き、廊下のあがり端《はな》に腰をかけた。そして煙草盆《たばこぼん》の煙管《キセル》に手を伸ばした。

煙管に刻《きざみ》煙草をつめた晋作の肩へ、高江が羽織をかけた。

「みな、休んだか」

「はい。お義母《かあ》さまが羽生の叔母さまとお話しでしたが、つい先ほど」

煙管を吸い、火皿に煙草の火がほのかに点《とも》った。

「あなたもお休みになりませんと。明日のお勤めに障《さわ》ります」

四ツ半（午後十一時）もすぎているだろう。

「久しぶりに騒いだから、気が昂ぶってすぐには眠れそうもない」

「薄茶を淹《い》れましょうか。心が休まります」

「今はいい。しばらくこうしておればそのうち静まる」

晋作は灰落としに吸殻《すいがら》を吹いた。

呼子の音がまた、彼方でか細く糸を引いた。

遠いな。

晋作は膝に軽く両手をのせ、物思わしげに星空を仰いだ。

「今宵は呼子の音が続きますこと」

高江が晋作の隣に座って言った。

「銀色の狼が、また出たのでしょうか」

「……ふふ、母上は銀狼贔屓《びいき》であったな」

「贔屓ではございませんでしょうが、お義母さまは暢気にしてみえましても、世の中のことに気配りをなさっておいでですから、銀狼の評判に関心をお持ちなのでございますよ」

「母上の言うとおりだ。今のご政道は貧しき者や弱き者への配慮が足らぬ」

「ご公儀が何かなさるのでございますか」

「噂だが、新しい小判が出るそうだ。新銀の準備もされているらしい。以前の明和《めいわ》の南鐐銀《なんりようぎん》のときもそうだったと聞いているが、米の値があがって貧しい者が苦しむことになる」

「浅草御米蔵のお張紙値段も、あがるのでしょうか」

「町相場ほどではないがな。だが、米の値があがれば、味噌《みそ》も醤油《しようゆ》も塩も砂糖も、全部あがる。苦しむのは町民だけではない。禄《ろく》に余裕のある大家《たいか》や豪商らには都合がいいが、小身《しようしん》の武家の家計も苦しくなるだろう」

「ご公儀はなぜそのような策をおとりになるのでございますか」

「だから母上の言うとおりなのだ。新金を鋳造《ちゆうぞう》すれば御益金がご公儀に入る。商いが盛んになれば、景気はよくなる。商いを盛んにするためには、もっとたくさんの金がいるのだ。物の値があがって民の暮らしが困っても、民のことなど、かまってはおられぬ。そうせざるを得ないのだ」

　表の冠木門を激しく叩く音がした。

　人の声がする。敷石を忙《せわ》しなく走る足音と中間の声が響いた。

「仕度をせよ」

晋作は縁から立った。

はい――

高江が速やかに居室にさがっていく。

庭の枝折戸が開いた。

相田翔兵衛が提灯を提げて現れ、片膝をついた。

「旦那さま、奉行所より使いの者が参りました。緊急のお呼び出しにございます。夜盗の一味が一ツ橋御門外板倉家の屋敷へ侵入いたしました」

「銀狼か」

「おそらく」

「仕度をする。相田、供はおぬしひとりでよい」

二

三日がすぎた。

昼八ツ（午後二時）、供侍に足軽《あしがる》、槍《やり》、薙刀《なぎなた》を捧げる中間を従え、四人の陸尺《ろくしやく》がかつぐ腰網代《こしあじろ》引き戸の乗り物が麗々《れいれい》しく奉行所表門をくぐった。

与力同心がそろって出迎える。

午前の登城から帰邸した北町奉行榊原主計頭忠之の乗り物である。

半刻後、用部屋に奉行・榊原主計頭が登城の裃姿のままで座っていた。

奉行祐筆《ゆうひつ》と公用人の内《ない》与力・高畑孝右衛門《たかはたこうえもん》も控えている。

奉行左手に詮議役筆頭与力・柚木常朝、同じく詮議役与力本役・鼓晋作、向かい合った右手に、定町廻り方五人、臨時廻り方六人の十一人が、同心の黒羽織でぞろりと居並んでいた。

定町廻りの石塚与志郎だけが、この急な評定に間に合わなかった。

奉行・榊原主計頭は不機嫌を隠さなかった。

登城し芙蓉之間《ふようのま》に入るとすぐ老中・阿部備中守正精《あべびっちゅうのかみまさきよ》に南町奉行・岩瀬加賀守氏紀とともに呼ばれ、今世間を騒がせている盗賊、通称銀狼なる一味の始末について問い質《ただ》されたからである。

阿部備中守は、銀狼の押しこみが大身の旗本や諸藩、並びに蔵前の蔵宿ばかりを狙っていることに注目していた。

そのうえで、銀狼が諸藩江戸屋敷や旗本御家人のお切米をとり扱う蔵宿、つまり札差から強奪した金品を貧しい町民に施してお上《かみ》のご政道を暗に非難し、義賊と評判になっていることをひどく気にかけていた。

「両奉行も知ってのとおり、この九月には草文《そうぶん》小判がいよいよ出廻る。新銀の鋳造も予定しておる。その折りも折り、ご政道のなんたるかもわからぬ不逞《ふてい》の輩《やから》がお上に盾突《たてつ》き、義賊などと、とんでもない話だ。お上のご政道がゆきづまれば困るのは庶民らではないか。銀狼なる不届きな一味、早急に始末をつけよ。九月の新金の出廻る前に、必ずな」

ははあっ——

両奉行はそろって承《うけたまわ》った。

だが、襲職間もない榊原主計頭は銀狼の押しこみも義賊という噂も詳しくはわからず、南町の岩瀬加賀守が銀狼について存念に述べたのに対し、何も述べられなかったために恥をかいた。

南町に遅れをとってはならぬ。

榊原主計頭は、帰邸するとすぐに柚木を呼び、銀狼一味捕縛の手だてを講じることを命じた。

そのために開かれた緊急の評定だった。

「集まってもらったのは、銀狼なる盗賊一味が押しこみを繰りかえし……」

と柚木が落ち着いてきり出した。

柚木は、二月の半ば、銀狼が番町の交替寄合旗本屋敷の奥向きに侵入した最初の押しこみから、諸藩の江戸屋敷や蔵前の蔵宿を標的に、二月が一件、三月になって三件、四月に二件、そして閏《うるう》四月一日の夜、一ツ橋御門外板倉家を襲った七件の押しこみの概要を説明した。

「七件のうち番町から小川町、駿河台《するがだい》の旗本、諸藩の江戸屋敷が四件。蔵前蔵宿が三件。いずれも武家屋敷が襲われたあとに蔵宿に押しこんでいる。武家屋敷の被害は警備の手薄な奥向きを狙っていることもあり、数十両から最も多い額が三百両。当然、蔵宿の被害は武家と較べ物にならない二倍から三倍、それ以上の額にのぼっている」

廻り方の間で失笑がもれた。

大身であっても家計の逼迫《ひっぱく》している武家と、蔵前ふうと持て囃される札差との経済力、勢いの差が盗まれた金額にも顕《あらわ》れているからだ。

柚木が続けた。

「一味の次の押しこみが憂慮される。町方は全力をあげて銀狼の正体をつかみ、八件目を阻止せねばならない。そこで、日ごろ市中を廻り、町民の様子、現場を知り抜いている定町、臨時の廻り方一同の目から見た銀狼に関しての忌憚《きたん》ない意見、捕縛の手だて方策を聞かせてもらいたい」

榊原主計頭が黙っておられず、苛々《いらいら》と言った。

「義賊の評判を隠れ蓑《みの》にご公儀のお膝元を跳梁跋扈《ちょうりょうばっこ》する銀狼は断じて許しがたい。北御番所の面目にかけて、おぬしらの手で銀狼を捕らえてみせよ」

癇癪《かんしゃく》持ち、気短《きみじか》と評されている奉行の苛ついた様子が伝わった。

「ときが惜《お》しい。意見などと悠長なことは言っておられぬ。ぐずぐずしておると南町にしてやられるぞ。誰か、名案はないのか」

廻り方はみな黙っていた。

面目にかけてと言われても、廻り方の務めは綺麗事ではない。

小者手先を自前で抱え、足を棒にして訊きこみをし証拠を集め、怪しいやつと見たら容赦なく締めあげ、夜鷹《よたか》の屯《たむろ》する場末、腐臭にまみれた貧民窟《くつ》に踏み入り、裏世界の地廻りや顔利きと通じ、無法者のねぐらに踏みこむ。

現場では間違いは日常茶飯事だし、差し口（密告）、袖《そで》の下が横行する。

面目とはおよそ無縁の汚れ仕事なのだ。

だから同じ侍なのに、町方は不浄役人と蔑《さげす》まれたりもする。

名案など簡単にあるはずがない。

襲職したばかりの奉行にはそれがわからない。

町方を自分の家臣のように思っている。

だが町方は御番所、公儀の支配下にあり、奉行の家来ではない。

「鼓、おぬし、花嵐の一件では指揮をとったそうだな。銀狼についても手だてがついておるのではないか。どんな方策でもよい。申せ」

晋作は奉行に膝をわずかに向け、視線を備後畳に落として言った。

「申しあげます。銀狼の進退の鮮やかさ、変幻自在な手口を見ますと、容易な相手でないことは明らかであります。残念ながらわれらに今、有効な手だてがあるとは申せません。地道な訊きこみ証拠集めを続けるのみかと」

「そんなことはわかっておる。だから何かないかと言うておる」

「わたくしの一存ではございますが、銀狼が義賊と評判になっていることについて、いささか疑念を覚えております」

「義賊の評判がどうした？」

「読売などが報じております銀狼が施しを行なったという町家は、本所《ほんじょ》、深川《ふかがわ》、浅草、日本橋、神田、下谷《したや》、と多方面にわたっております。ところが、本日ここにはおりませんが、銀狼を二月から追っている廻り方の石塚与志郎によりますれば、噂の出た町家に訊きこみにあたってみて、銀狼の施しを受けた、あるいは金がまかれたという町民は見つからなかったそうでございます」

「金を手にした者が、隠しておるのだろう」

「それは考えられます。ですがこれだけ噂が多く流れていながら、一件も見つからないというのも妙ではないでしょうか」

「そういえば、妙だ」

「ひとつは、銀狼は町民に金を施してもばらまいてもおらず、自分らの無法から目をそらし世間の評判を味方につけるために、銀狼自らが義賊という噂を流したのではないでしょうか」

「しかし、世間の評判を味方につけるということは、それだけ世間の目を引くことにもなる。そうなるとかえって盗みに入りづらくなるだろう」

「ご政道に異議を唱える、ご政道の不備を非難する、もともと銀狼にそういう意図があるとすれば、義賊の評判は有効であったと思われます」

「ただの盗人ではないということか」

「高い屋根の上で、追っ手にこれ見よがしに、夜空に向かって獣の遠吠えの真似事をして見せるなど、外連《けれん》がすぎます。盗みだけが目的ではない。そういう見方もできるということです」

晋作は居並ぶ廻り方へ、問いかけるような視線を廻《めぐ》らした。

「今ひとつは、銀狼が何かの目的理由があって金を誰かに施した。どこかにまいたのはやはり事実で、初めは義賊とは関係のない行為であった。ところがその行為が、人の口には戸がたてられずもれ出し、義賊という偶像を作り出し、面白おかしく膨らみ広がっていったとも考えられます」

「それもいえる」

「巷間《こうかん》に流れる噂、読売が書きたてる評判をすべて拾い集めて、その出どころをひとつ残らず虱《しらみ》つぶしに丹念にたどっていくのです。そうすれば銀狼につながる手がかりがどこかにあたるのではと、考えます」

廻り方から明快な賛否の言葉は出ず、ただささやき声が交錯した。

奉行が眉《まゆ》をひそめて爪《つめ》を噛《か》んでいた。

片方の手ににぎった扇子《せんす》で膝を小刻みに打っている。

奉行は苛々と言った。

「銀狼捕縛の専従の組を作るのだ。頭《かしら》は鼓が務めよ。組の人員は廻り方からおぬしが必要なだけ選んでいい。選ばれた者が今抱えておる掛はほかの者が分担しておぎなえ。柚木、専従の組が働きやすいように粗漏《そろう》なく手配せよ」

「はっ」

柚木が短くこたえた。否《いな》やはなかった。

「とにかく早く始末をつけよ。期限は……夏の終わりまでに。秋には持ち越してはならん。南町も動いておる。絶対遅れをとるでないぞ」

奉行は新金の出廻る前に、とは言わなかった。

ご公儀が新しい小判を鋳造させ、それが秋ごろに出廻る噂を奉行所内で知らない者はいなかった。

新銀の噂もある。

諸色《しょしき》が高騰し、政情不安を招くだろう。

秋には持ち越すな、という命令はその時期と呼応している。

ご政道が世の中の貧しい人や弱い人にちゃんと手を差しのべないから……

晋作は母・喜多乃の言葉を胸の中で反芻《はんすう》した。

三

「やあやあ、遅れて申しわけございません」

襖が開き、仲居に案内され廊下に膝をついた石塚が大きな肩を縮めた。

慌ててきたらしく息があがっている。

額と首筋の汗を手拭でぬぐいながら、

「こういう流れになっているとは思いも寄りませんでした」

ははは……と磊落《らいらく》に笑った。

日本橋通りの二丁目をわける式部《しきぶ》小路の角地にある料亭〈さの家〉の二階座敷に、晋作、春原繁太《はるはらしげた》、権野重治《ごんのしげはる》が宗和膳《そうわぜん》を囲み始めてほどなく、定町廻り方・石塚与志郎がようやく現れた。

「石塚さん、お待ちしていました。どうぞ」

晋作が促すと、石塚はどすどすと巨体を揺すり、春原繁太の隣に座った。

すぐに石塚の宗和膳が運ばれた。

〈さの家〉は、晋作が与力見習で酒を呑み始めたころ、幼友達の同心見習・谷川《たにがわ》礼介《れいすけ》と奉行所の帰りにしばしば寄り道した安くて旨《うま》い煮売屋だった。

箔屋町《はくやちょう》の打ち箔の職人らが客に多く、屋号も〈さの家〉ではなく、地酒の冷やが懐かしい飯酒処の〈さの屋〉だった。

七年前、長腰かけと畳の床が奥にあるだけの狭い見世《みせ》を、見栄えのする総二階家に替え、庖丁人を雇い入れてちょいと高級な料亭に衣替えした。

二階座敷からは黒塗りの格子越しに、お城の杜影《もりかげ》と夜空が望めた。

見晴らしもいい。

静かに落ち着いて呑める見世になったが。

「石塚、灘の銘酒だ。一杯いこう」

朋輩《ほうばい》の春原が徳利をとって、上等な下《くだ》り酒を石塚の盃に満たした。

石塚は細い目をさらに細め、それを、くいとひと息に呑み乾《ほ》した。

権野が続いて石塚の盃に酌《しゃく》をした。

「今日はどこらへんの見廻りだった」

「ここんとこ、神田川筋から大川の船頭の訊きこみに廻っている」

「銀狼が舟を使ってるってえのかい」

「そんな気がしてならねえんだ」

石塚は盃をあおり、あとは手酌になった。

盃を重ね、鰹《かつお》のたたきと鴨肉《かもにく》を勢いよく頬張った。

春原は瘦肉《やせじし》に不釣合いな大きな目がひょうきんな人相を作る五十男で、すぐ愚痴をこぼすため泣きの春原、と渾名《あだな》されている定町廻り方だった。

権野は五十四歳の頬骨の張った厳《いか》つい風貌の臨時廻り方である。

古参らしくおのれの務めを淡々と果たす仕事ぶりが晋作の気に入っていた。

二人は晋作の下で花嵐探索の掛についていた。

この二人に、昼間の評定にいなかった石塚、そしてもうひとり、花嵐の一件で刃を交わして重傷を負い、今月、ようやく復帰した隠密廻り方同心・谷川礼介を銀狼捕縛の専従組に選んでいた。

晋作は石塚に、どうぞ呑みながら……と気遣いつつ、午後の緊急の評定で決まった専従の組の編成、方針を逐一説明した。

そして言った。

「しかし、これまで銀狼を実際に追って、銀狼の手口などに身近に接してこられた石塚さんの見たて、これがいいと思う案があれば指示してください。お二人に異存がなければ、わたくしもそれに従いたいと思います」

「いえ。鼓さまのお見たては誠に的《まと》を射ております。わたしも義賊の噂の出どころを探っていけば、銀狼の手がかりが必ず見つかると思っております。ただ、人手がいる。わたしのほうはさっきも申しました舟という足の調べにかかって、そっちへ手が廻らねえんです」

石塚は盃をあおり、気持ちよさげに喉《のど》を鳴らした。

「鼓さま、銀狼は容易ならぬ盗賊ですぜ。何が容易ならぬかと申しますと、やつらの速さです。いつの間にか現れて、煙のように消え失せる。銀狼に縛られた者の中には、どう縛られたか覚えがない、術をかけられたみたいに気がついたら転がされていたと言う者もおりました。しかも逃げるとき、屋根の上で狼の遠吠えをこれ見よがしにやりやがる。それから姿をくらますと、追いかけても追いかけても、影すら見えない」

「どこかに、決まった隠れ場所があるんじゃねえか」

春原が口を挟んだ。

「初めはおれもそう思った。けど、やつらの見えない影を追いかけているうちに、こいつあ尋常な相手じゃねえと思うようになったんだ。やつらあ七件の押しこみで、殺してねえし傷つけてもいねえ。叫ぶ前に猿轡《さるぐつわ》を嚙まされ、逃げる前に縛りあげられ、こっちが追いかける前に疾《と》うに姿をくらましてる。誰も銀狼の速さに追いつけねえ。早い話が、人の傷つく暇がねえんだ。鼓さま、尋常な人間にそんなことができるもんなんですかね」

いや――

晋作は当惑した。

「できるとすれば、戦国時代の忍《しのび》のような、そのための修練鍛練を積《つ》んで特殊な技を習得した者なら……」

「とにかく、夏の終わりまでに捕縛せよとのお奉行の命令でも、必ず、などと言えるる程度の相手じゃねえことだけは確かです。鼓さま、ちょいと見ていただきたいんで、よろしいですか」

「はい」

石塚は膳をどけ、大きな身体を畏《おそ》れながらと縮めて畳をゆらした。

晋作の前にどすんと畏《かしこ》まると、懐から折り畳んだ紙をとり出した。

江戸の絵地図だった。

石塚は、失礼、と言って帯の後ろから朱房のついた十手《じって》を抜いた。

「これを見てください」

と、畳の上に絵地図を広げ十手で指した。

晋作は前から、春原と権野が左右から絵地図をのぞきこんだ。

絵地図には朱で、所どころバツ印が打ってある。神田川の内側、番町、小川町、駿河台に四つ、浅草御門の北方《きたかた》の蔵前の町地に三つ。その七つのバツ印の一番幅の長い二つを両端にして薄い朱でほぼ正確な丸が描いてあった。

残りの五つのバツ印は、朱丸の内側に入っている。

「なんだこりゃあ、石塚」

春原が訝《いぶか》しんで訊いた。

「バツ印は銀狼が侵入した武家屋敷と蔵宿の位置ですね」

晋作は絵地図から顔をあげて言った。

「さようで。それから一番離れた二つのバツ印を結んで、その径を軸にこの丸を描いてみました。あたり前ですが、銀狼はこの範囲の中で押しこみを働いている。鼓さま、わたしはこの丸の中に銀狼のねぐら、でなかったとしても、一味の集結する拠点になる場所があると睨《にら》んでおります」

「やっぱり隠《かく》れ処《が》か」

春原がまた口を出した。

「拠点だ。そこに集まり、手はずを整え、出発し、戻る場所だ。単なる身を隠す場所じゃねえ」

「なんでそう言える」

石塚は晋作に向いた。

「わたしはこれまでに江戸で押しこみや強盗で捕まった連中が働いた場所を、十件ばかし時代をさかのぼって調べてみました。バツ印を入れたとき、ふと、バツ印が丸い形に見えたんです。で、思いたって、地図にこれと同じバツ印を結んで丸を描いてみましてね、それでわかったんですよ。十件とも、一味のねぐらがこの丸の中にあったということが。つまり……」

「銀狼の集結場所も、この丸の内のどこかにあるということだな」

「そう思います」

晋作は絵地図の朱丸の中を追った。

朱丸は、番町から曲輪内《くるわない》の東側、日本橋南方の一部、神田日本橋の全域を囲み、両国橋と大川をかすめ、外神田、浅草寺《せんそうじ》の南方、下谷、上野の山、小石川《こいしかわ》、江戸川を越えて、牛込、市ケ谷《いちがや》、四ツ谷《よつや》御門に近くにつながっていた。

「曲輪内をはずし、日本橋周辺から南方、川向こうの深川、本所、浅草寺周辺から北方、新吉原《よしわら》、内藤新宿《ないとうしんじゆく》方面など、やっかいな地域がはずせます」

「仮にそうとしても、雲をつかむような広さだぜ。この人手じゃあとても調べられねえよ」

春原がさっそく泣き言をこぼした。

晋作は春原にかまわず言った。

「石塚さん、それで神田川か」

「はい。連中の狼の遠吠えはこれから引きあげるってえ合図です。引きあげの手助けをする仲間が聞いている。どこで。川だ。舟だ。わたしはそう睨んだ。丸で囲った中心はどう見ても神田川です。日本橋から新堀のほうも可能性はあるが、まず神田川を徹底的に調べたい」

石塚は十手の先で絵地図の神田川をさかのぼった。

「大川の両国から神田川に入って柳橋、浅草橋、ずっとさかのぼって、江戸川へ分かれて水道町《すいどうちょう》まで、往来する舟、船頭、船宿を残らずです。銀狼が、この川筋のどこかに潜んでいやがるに違いありません」

「よくわかった。春原さん、権野さん、石塚さんと協議分担して神田川と江戸川の川筋一帯を隈なく洗ってください。わたしは谷川と、義賊の評判の出どころ調べをやることにします」

　承知しました――

　権野と春原が頷いた。

「石塚さん、一杯いこう」

　晋作は石塚に盃を差した。

　石塚は冷酒を一気にあおり、晋作にかえした。

「鼓さま、わたしは飯がたらふく食えて旨い酒が呑めりゃあ満足なんです。手柄なんぞたてたいとはこれっぽっちも思わねえ。けど銀狼は別だ。やつらを追いかければ追いかけるほど、やつらのことが頭から離れなくなっちまった。三頭のほかにどんな狼が隠れているのか、正体が知りたくて堪《たま》らないんです」

「同じだ、石塚さん。わたしも銀狼を捕まえて訊《たず》ねたい。なぜ、なんのために義賊を装ったのか……」

　そのとき、はるか夜空の果てで、細く物悲しい犬の遠吠えが木霊《こだま》した。

　はおおお……

　四人はそろって、塗り格子の彼方の夜空に顔を向けた。

式部小路の〈さの家〉から西八丁堀の三四《さんし》の番屋に近い新場橋《しんばばし》に差しかかると、四ツ（午後十時）を廻った暗い橋の中ほどの擬宝珠《ぎぼし》に寄りかかって、水面《みなも》を見おろしている男がいた。

男は頰かむりに縞《しま》の長着《ながぎ》の、商家の手代の風体だった。

晋作は供の相田を先に帰しており、ひとりだった。

物思わしげであり胡乱《うろん》な気配もあって、晋作は気になった。

橋の中ほどにきて、晋作は提灯をかざして男の背中に声をかけた。

「もし、どうかなされたか」

男がおもむろにふりかえり、晋作に笑いかけた。

「やあ」

晋作の酒で少し赤らんだ顔がほころんだ。

「礼さん、ここで何をしている」

「夕方、柚木さまから専従組のお話をうかがい、屋敷へお邪魔しましたが、相田さんから〈さの家〉でみなと、と聞きましたもので、刻限も遅いし、ここで待つかと、川風にあたっておりました」

「〈さの家〉にくればよかったのに。専従組の面々で一杯やっていたのだ」

「そうなんですが、わたしはどうも、人の多いところは苦手なもんで」

「相変わらずだな。まあいい。うちへもう一度寄らぬか。うちで呑みなおそう」

晋作が礼さんと呼んだ谷川礼介は、ひとつ年上の三十四歳。

組は違うが八丁堀地蔵橋を隔てた南北に組屋敷があって、晋作の幼いころからの無二の親友であり、与力同心の身分差がありながら、今でも二人のときは、晋さん、礼さん、と呼び合う仲だった。

晋作十二歳、谷川十三歳の春、無足見習の初出仕を同時に果たし、以来、二人は神田明神下《みようじんした》同朋町《どうぼうちよう》の富田《とだ》道場でともに一刀流を学び、十年後、晋作が吟味方与力助に任じられたとき、谷川も吟味方下役同心についた。

三年前、谷川礼介は本来は古参の同心が務める奉行直属の隠密廻り方へ三十すぎの若さで配属が替わっていた。

そのため三年の間、二人が行動をともにする機会はほとんどなかった。

だがこの春の初め、花嵐探索の指揮を命じられた晋作に谷川は従い、一件解決に力をつくした。

ただ、その折りに重傷を負ってずっと療養し、晋作が与力助から本役に昇任したこの閏四月一日、ようやく隠密廻り方に復帰したばかりだった。

晋作はこの谷川を銀狼探索の新しい専従組に再び選んでいた。

「どうだ、傷の具合は」

「ええ、もうすっかり」

「それはよかった」

「晋さんも本役昇任、おめでとうございます」

「ありがとう。それで今日の評議なんだが……」

二人は、幼いころのように会話をはずませながら、肩を並べ、夜更けの八丁堀に消えた。

第二章　座頭　城の市

一

野良犬が夜道に吠《ほ》えた。
城《じょう》の市《いち》は、しっ、しっ、と竹杖《たけづえ》で野良犬を追った。
「こすっからい野良公め。吠えることしか能がねえのかい」
酒臭い息を吐いて嘲《あざけ》り、杖をふり廻した。
下駄の歯が三味線《しゃみせん》堀《ぼり》の土を噛《か》んで音をたてた。
野良犬はしつこく城の市につきまとう。
城の市は薄っすらと目を開けた。
座頭《ざとう》だが、城の市は目が見えた。
だから畳提灯《たたみちょうちん》を提げ、人には言っている。

「目が見えなくても暗い夜道は物騒ですからね。用心のためですよ」

人は目が見えないことを気の毒がる。

はあはあ……

本当は気の毒なのは貧乏人のおまえたちさ。

城の市はいつも腹の底で嘲笑《あざわら》っていた。

三味線堀から大名屋敷や御家人の組屋敷が並ぶ武家地をたどり、御徒町《おかちまち》を抜けた下谷くらやみ横町に城の市の住む裏店《うらだな》がある。

城の市はくらやみ横町の裏店で《座頭金《ざとうがね》》を営んでいた。

十両に一分二朱の利息をとる。

期限は三カ月。顧客の中には旗本、表店の小商人《こあきんど》がいる。

だが主な借り手は、御徒町の貧乏御家人らだった。

貧乏御家人に十両なんてとんでもない。

《日済《ひな》し貸《がし》》でなきゃああぶなくって……

借金を毎日少しずつかえす約束の日済し貸しだが、御家人の中には泣いてその日の返済分を待ってほしいと懇願する者もいた。

二本差していても連中は両替商や札差《ふださし》にはまったく相手にされないし、凧《たこ》張りやら竹細工の内職の稼ぎもその日の暮らしに費《つい》えてしまう。

だから、烏金《からすがね》や百一文《ひゃくいちもん》の融通もしないように気をつけなければ。

(烏金とは、翌朝、カラスが鳴くまでにかえさなくてはならない借金の意味で、高利の借金。また百一文は、日銭貸しともいう。百文の貸しつけに対して百一文を当日中にかえすこと)

城の市は用心深い。

巨万の富を築いて地所を江戸市中の十七カ所も所有し、大名へ数十万両を貸しつけている山谷検校《けんぎょう》さまほどにはいかないけれど、小さくともこつこつと、塵《ちり》も積もれば山となるさ。

それにしても——

ふと、城の市は竹杖をふり廻す手をとめた。

あのときの、こまっしゃくれた生意気な娘があんないい女に育っていたとは驚きじゃないか。世の中、わからねえもんだ。

三味線堀を離れると野良犬はいなくなった。

佐竹《さたけ》さま、立花《たちばな》さま、加藤《かとう》さま、などの上《かみ》屋敷の練塀《ねりべい》が続く小路を通って、御徒町の通りに出た。

あの女の親には貸しがある。おれの女にして一生奉仕させてやる。
はあはあ……
北に曲がり忍川《しのぶがわ》にかかる。
川と言っても、一丈五尺の水路のようなものである。
三枚橋を渡って川沿いの細い堤《つつみ》を西にとった。
暗い流れの反対側は組屋敷の粗末な板塀が続いていた。
寝静まった堤に下駄の音をたてた。
「貧乏侍の臭いがするよ。ここらへんはね」
城の市は五歳で番町の山谷検校のもとに入門した。
音曲《おんぎょく》、按摩鍼術《あんましんじゅつ》を身につけ、町を流して小金を稼ぎ、それを元手に座頭金を始めた。
金のかかる女房は持たず、爪《つめ》に火を灯《とも》すように金を溜《た》めた。
貸した金は強引にとりたてた。相手が病人でも容赦しなかった。
そのため瀕死《ひんし》の怪我《けが》を負ったこともあった。
それがどうした。世の中、金さ。
人に恨《うら》まれようが罵《ののし》られようが、知ったこっちゃあない。

客の中に柳橋の置屋の男衆《おとこしゅ》もいた。
そのうち、男衆らから聞いた柳橋の町芸者らが借りにきた。
内実は、男に貢《みつ》いで金に困った馬鹿な芸者たちだった。
城の市は下柳原の水茶屋で、金に困った芸者を揚げて遊ぶようになった。
粋《いき》を装っても、芸者なんて金ほしさに簡単に転んだ。
城の市から金を借りた芸者はみな言いなりだった。
機嫌を損ねないようにつくしてくれる。
いい気分じゃないか。
一カ月前、柳橋で近ごろ評判の芸者・花守《はなもり》を揚げた。
目の見えないふりをしているのを忘れるくらい、いい女だった。
花守は城の市のために三味線を弾き、鳥のように唄った。
酌《しゃく》をする白い手が、ひらひらと舞う花びらのようだった。
高島田《たかしまだ》からすべる白いうなじが光っていた。
この女のためなら金はいくら出してもいいと、城の市は初めて思った。
城の市は、足しげく柳橋に通い、花守を揚げた。
だがあるとき、城の市はふと花守に見覚えがあることに気づいた。

目の不自由な素ぶりで、花守をじっと盗み見た。

似ている。

動悸《どうき》が収まらなかった。

あの家の者は、十年前、江戸を追放になったと聞いていたが。

目に涙を浮かべて、城の市を睨《にら》んでいた娘の顔が甦《よみがえ》った。

あの娘だ。間違いない。

ありありと面影が重なった。

城の市は確信した。親の貸しをかえしてもらわなきゃあ。

これをねたに花守をおのれの物にできる。

その晩も花守を水茶屋の座敷に揚げた。

酌をする花守の白い手をとって、城の市は言った。

「なあ花守、十年前まで、おまえ、御徒町に住んでいなかったかい。ほら、おまえのお父上はお武家さまで、わたしのところへよくお金を借りに見えた。そう、なんと仰《おつしや》ったかなあ」

城の市はわざととぼけ、懐かしげに昔を偲《しの》ぶ言い方をした。

花守は、ほほ、と笑って城の市の手を払い除《の》けた。

「あっしは、生まれは会津若松《あいづわかまつ》。貧しい寺男の娘でございます」
嘘《うそ》をつけ。
城の市は腹の底で笑った。
おまえはおれの女房になる定めなのだ。
女房になって父親への貸しをおれにかえすのが、親孝行というものだろう。
まあいい、ゆっくり手間暇かけて、わからせてやる。
忍川の堤をほろ酔い加減に歩む城の市の頬《ほお》がゆるんだ。
そのとき、忍川の水面《みなも》で魚が跳ねた。
板塀から伸びた木の枝が風に騒ぎ、城の市の禿頭《とくとう》をなでた。
夜風など吹いていないのに、小さな旋風《つむじ》が堤の先に起こった。
城の市は目を見開いた。
提灯をかざした。
野良犬がまたきやがったのか。
黒い帳《とばり》の向こうに這《は》い蹲《つくば》った獣の目が二つ、光っていたからだ。
しっ、しっ……
すると、光る目はすうっと伸びあがった。

大きな獣が二本足で立ち、城の市を見おろした。

城の市はぞっとした。

なぜか、狼《おおかみ》だと思った。

「この世の地獄が、見えているのだろう、城の市。その目に、本当の地獄を見せてやる」

狼が闇の奥で獲物を狙《ねら》い、押し殺した声でうなった。

え？　な、なんだって？

城の市は震えた。手足がすくんだ。だ、誰か。叫ぼうとした。

風が吹き、ふいに背後から狼の懐に抱きかかえられた。

叫ぼうとした口を、死人《しびと》のように冷たい掌《てのひら》が塞《ふさ》いだ。

「わが父の、十年の無念を、今宵かえす」

耳元で、若い狼の声がささやいた。

鍼《はり》が首筋の皮膚を刺し、血脈を破り、頸骨《けいこつ》のつなぎ目を正確に貫いた。

神経がきれ、もう声は出せなかった。

提灯と杖を落とした。

狼が城の市の手をとって、鍼を抜いた痕《あと》にあてた。

「しっかり、押さえるんだ」
耳元で狼が言い、城の市から離れた。
城の市の身体がかしいだ。
暗闇の先の狼の目がじっと見ている。提灯が燃えていた。
首筋にあてた指の間から血が霧になって噴き出した。
静かだった。
何も見えなくなった。
城の市の身体は忍川の水面を叩き、暗黒の底へ沈んでいった。

三味線堀から川幅の狭い浅草新堀《あさくさしんぼり》に、日除《ひよ》け舟がすべっていく。
日覆《ひおおい》に簾《すだれ》を垂らし、行燈《あんどん》が中に薄く灯っていた。
人影がひとつ、見えた。
堀の左手は武家屋敷の石垣で、右手は向柳原《むこう》にいたる土手の通りである。
通りの先に辻番《つじばん》の明かりが見えていた。
頬かむりの大柄な船頭が日除け舟を竿《さお》で巧みに操っていた。
やがて、右手の土手道を二つの黒い影が日除け舟と併走し始めた。

影はしなやかに走り、息が心地よげに弾んでいた。

辻番の番人は、近くの夜道で野良犬の気配を感じたが、気に留めず、あくびをひとつした。

舟の灯が消えた。

それを合図にしていたかのように、舟と並んで走っていた二つの影が道を蹴《け》って軽々と闇に躍り、日除け舟の舳《みよし》の板子《いたご》をわずかに揺らした。

影は簾の中に消えた。

舟は新堀を鳥越橋《とりごえばし》から大川の方へ、暗い波をたてた。

ほどなく、行燈の明かりが再び灯り、簾の中の人影が三つになった。

若い商家の手代ふうの男が二人に、女がいた。

「長い遺恨がひとつ、ようやくはれました」

手代ふうの男が言った。

「あの男は闇に葬《ほうむ》るしかなかった。こうなった今、心を鎮《しず》め、ただただ、父上と母上のために祈りましょう」

女が言い添え、もうひとりの若い男が頷《うなず》いた。

女と二人の男は、薄い行燈の灯の下で父と母を思い掌を合わせた。

竿を操る艫《とも》の船頭が、簾の中の若い三人へ労《いたわ》しげな眼差しを投げた。

二

数日がたった晴れた朝——

神田川にかかる新シ橋《あたらしばし》の南方《みなみかた》、豊島町《としまちょう》一丁目比丘尼《びくに》横町へ入る角を鼓晋作と供の相田翔兵衛が折れた。

晋作は薄鼠《うすねず》の袷《あわせ》と紺袴《こんばかま》に菅笠《すげがさ》をかぶり、およそ町方与力らしくなかった。従う相田翔兵衛も菅笠に顔を隠し、正体の知れない浪人の風体である。

通りは瑞々《みずみず》しい初夏の朝の光に輝いていた。

横町の小商人の表店はどこも表障子を開け、半暖簾《はんのれん》や軒暖簾を垂らし、客が出入りをし、手代が歩み、小僧が走り、行商が呼び声をあげ、馬喰《ばくろう》が通る。

「武家とは違い、商人の町は朝から賑《にぎ》やかなことでございますなあ」

後ろから五十すぎの相田が声をかけた。

確かに、八丁堀や大店《おおだな》の多い日本橋とは違う賑わいが神田の町にはある。

その横町の二つ目の小路を入った奥どまりが、万次《まんじ》の店である。

《白輿屋《しらこしや》》《万次》の大きな墨文字を記した両開きの油障子が一尺ほど開いており、見世の土間から木槌《きづち》の音が聞こえてくる。

「ごめん」

晋作は障子を開け、笠をとった。

見世と作業場をかねた広い土間の壁際に、卒塔婆《そとば》、七本仏《しちほんぼとけ》、樒《しきみ》、灌頂《かんじょう》の道具などと一緒に、作りたての大小の早桶《はやおけ》が並んでいた。

紺の股引《ももひき》に紺木綿の腹がけ、ねじり鉢巻の職人が桶板を叩いている。

目のくりくりした笑顔の小僧が、奥から土間に走り出てきた。

「旦那《だんな》さま、おいでなさいまし。本日はお日柄もよく……」

「金三《きんぞう》、久しぶりだな。また世話になる。万次はいるか」

「へえい。すぐお呼びいたします。親方ぁ、八丁堀の鼓さまがお見えですぅ」

金三が小走りに奥へ戻っていき、入れ替わりに才槌頭《さいづちあたま》に無愛想な窪《くぼ》んだ目の万次が、短軀《たんく》に細縞《ほそじま》の長着を引きずって現れた。

暗いところで出会うと少しぞっとするかもしれない。

「お待ちいたしておりやした」

「家業が忙しいのに、すまんな」

晋作は壁際の棺《ひつぎ》を見て言った。

「とんでもございやせん。もう仕上がって、あとは届けるだけでございやす。今朝方、幼い子を道連れに猫いらずを呑《の》んだ一家心中でやしてね。ひとまずおあがりくださいやし。金三が今、茶の仕度をしておりやす」

「茶はいい。それより棺を届けるのだろう。場所はどこだ」

「向柳原の久右衛門町《きゆうえもんちよう》でございやす」

「案内してくれる場所は下谷の七軒町《しちけんちよう》だったな。途中だ。おぬしらはそれを届けるがいい。わたしたちもついていく。そこから七軒町へ廻ろう」

「滅相《めつそう》もない。鼓さまにご迷惑でございやす」

「気にするな、万次、仕度をせよ。金三、金三、茶はいらんぞ」

晋作は奥に声をかけた。

白輿屋の万次は北町奉行所隠密廻り方同心・谷川礼介の手先を務めている。

昨夜、奉行所の小者が谷川の短い文《ふみ》を屋敷へ届けにきた。

《明日朝、豊島町の万次の案内により。下谷七軒町のさる人物をお訪ね戴《いただ》きたく候《そうろう》、銀狼探索の手がかりの件にて候》

朝、晋作は使いの者を奉行所につかわした。

そして相田ひとりをともない、万次の店にまっすぐ向かった。

谷川とは、西八丁堀の新場橋で会った数日前の夜から顔を会わせていなかったが、すでに独自に動いているのは承知していた。

「これから会う人物の話は歩きながら聞こう。ところで礼さんはくるのか」

晋作は、職人と金三に大小の桶を差し担《にな》わせ、自分も桶を担う仕度をしている万次に訊《き》いた。

「谷川の旦那は昼前まで別の調べに廻って、昼すぎに合流して鼓さまにご報告する手はずになっておりやす」

万次を先頭に、職人、金三がそれぞれ桶を背負って店を出、菅笠をかぶった晋作と相田は三人の後ろに従った。

比丘尼横町には戻らず、どぶ板を鳴らして一丁目を柳原通りに抜けた。

神田川にかかる新シ橋を渡って向柳原。

通り合わせが、棺とわかる桶を背負った才槌頭の万次と職人、小僧の金三、二人の浪人風体の侍の一行を、道を譲り、奇異の目で見送った。

久右衛門町は材木炭薪《たんしん》を商う見世が多い。

一家心中を図った親子三人は、九尺二間《くしゃくにけん》のみすぼらしい裏店住まいだった。

どぶが臭気を放っている。

路地裏の住人が集まり、女たちはみな目を泣き腫《は》らしていた。

万次らが背負ってきた棺桶に、住人の手で三体の仏が納められた。

とりわけ、幼い子供を納めるときはすすり泣く声が高くなった。

万次が薄暗い土間で仏に合掌した。

それから金三と職人に何か言い残し、路地に出てきた。

「子供の桶作りはどうしても慣れやせん。作るたびに気が重くなりやす」

万次がぽつりと言った。

ふむ――

向柳原の通りに戻り、万次の案内で下谷七軒町へ向かった。

「心中の理由はなんだ」

「亭主は薪《まき》の行商を営んでおりやした。百一文の高利貸しから金を借りて薪を仕入れて売り歩き、夕方に利子をつけてかえすその日暮らしでやしたが、借りた金がかえせなくて仕入れができず、切羽《せっぱ》つまった挙句だそうで」

「高利貸しのとりたては、厳しいのだろうな」

「鬼か蛇《じゃ》か、貧しい者はそう思っておりやすよ。けど、連中にしちゃあそれが商売でやすからねえ」

三人は浅草新堀から三味線堀の土手道に差しかかった。

「鬼か蛇かと言えば、先だって、御徒町の忍川に城の市という座頭が浮いておりやしてね。そいつがまた情け容赦のない座頭金の金貸しで……」

「その一件は聞いている。評判のよくない座頭だったらしいな」

「てめえの命より金のほうが大事、という男でやした。厳しいとりたてに恨みを抱いた者の仕業《しわざ》でしょうかねえ。女房も持たず、子もなく、金のもめ事で縁者ともきれて、それはそれで因果な一生でございやす」

「死者を、恨む者はおらぬ」

三味線堀から閑静な武家屋敷地をすぎ、下谷七軒町の通りを東に折れた。

武家地の中にぽつんと町屋に組み入れられた小島町《こじまちょう》という町家がある。

その裏店の一軒の二階家に、伝助《でんすけ》という七十になる隠居が住んでいた。

「こちらでやす」

万次が表の格子を開け、勝手知ったふうに入っていった。

濡れ縁のある六畳間の軒に風鈴がさがっている。

狭い裏庭があり、盆栽をいじっていた伝助がのっそりと現れた。

「伝助でございやす。こんなあばら家に、畏《おそ》れ入りやす」

伝助の風貌は七十の老いを囲っていたが、目には依怙地《いこじ》な気性が燻《くすぶ》っていた。

万次は伝助を、親分、と呼んだ。

伝助は、十五年前まで南町奉行所定町廻り方の相良八左衛門《さがらはちざえもん》の御用を務めてきた腕利きの岡っ引きだった。

八左衛門が十五年前に奉行所を退《しりぞ》き隠居の身になった折り、伝助も身を引く腹だったのが、どうしても心残りがあってそれからまた五年ばかり、ほかの廻り方の旦那の手先を務めた。

と言うのも、伝助は八左衛門の手先を務めた間、《白狐《しらぎつね》》と巷間《こうかん》で噂《うわさ》がたっていた盗賊一味を十五年も追っていた。

八左衛門の隠居でおれもそろそろ引きどきかと思ったものの、白狐一味の正体を突きとめひっ捕らえたい岡っ引き魂《だましい》を、伝助は断ちきれなかった。

伝助は、自分の下っ引きを使って、白狐を追い続けた。

伝助が引退を決めたのは、白狐一味が江戸から姿を消し、一味の間で仲間割れが起こり、首領が殺された、という風の噂を聞いたからだった。

そのころは八左衛門はすでに世を去り、伝助も還暦を迎えていた。

「あの白狐の一味だけは今でも心残りだ。胸が疼《うず》きやす。白狐を追いかけた若くて元気なころが、甦りやしてね。おおい、茶はまだかい。お客さまに早くお出ししねえか。まったく、年をとるとやることが遅くなっていけねえ」

伝助は煙管《キセル》を咥《くわ》えて火をつけた。

万次が伝助をのぞきこんで言った。

「伝助親分、その白狐一味と、この春から市中を騒がせている銀狼一味の手口が似ている、もしかしたら白狐がまた江戸に舞い戻ってきて、盗み働きを始めたんじゃねえかと、仰《おつしや》ったそうですね」

「ああ。似てるというだけだがな。昔のあっしの下っ引き連中が今は南町の旦那方の手先を務めていて、その連中に話してやったのさ。南町の旦那方も、必死で銀狼とやらを追ってるらしいからな」

「それで鼓さまにお越しいただいたんで。白狐のことをもう少し詳しく聞かせていただけやせんか」

「そうかい。あっしの話が旦那方のお役にたつなら喜んで」

小柄な大人しそうな女房が茶を運んできた。

伝助は灰落としに吸殻《すいがら》をはたき、湯気のたつ湯呑をひとすすりした。

「そう、今から二十五年は優に前、あっしが四十半ばの働き盛り。子分を何人か抱え、手の者も増えて多少の分別もでき、廻り方の旦那の御用を務めるのに一番脂《あぶら》の乗ってる、ちょうどそのころでございやした」

と湯呑をおいて、また煙管に火をつけた。

「……白狐の一味が武家屋敷ばかりを狙って盗みを働き始めやがったとき、あっしら、武家屋敷だと、こいつあ面白えじゃねえか、あっしらの手で捕らえてみせるぜと、初めはずいぶん意気ごんだもんでございやした。けどそれがとんでもねえ。白狐をいくら追いかけても、尻尾《しっぽ》をつかむどころか影すら見えねえ。言葉は悪いが、見事としか言いようがねえ鮮やかな一味だった」

白狐の一味は、警備の手薄な武家屋敷の奥向きを主に狙っていた。

侍なんだから、もう少しなんとかならねえのかと、伝助らは手もなく盗人《ぬすっと》に荒らされる武家に思ったものだった。

外聞が悪いというので、白狐など知らんとしらばっくれた武家もあり、伝助らの追及が阻《はば》まれたこともある。

南は芝《しば》、三田《みた》、青山、北は番町から駿河台、下谷、小石川、西は市ヶ谷、牛込と、旗本、大名、上屋敷下屋敷にかかわらず、縦横無尽《じゅうおうむじん》の働きだった。

だが一年後、白狐はぷっつりと出なくなった。

忽然《こつぜん》と姿をくらまし、二年がたった。

そして忘れたころになって、白狐は再び現れた。

やはり武家屋敷が狙われ、同じ盗みが繰りかえされた。

伝助らは、今度こそと血眼《ちまなこ》になった。

けれども、裏街道に巣くう連中を動員し探らせ、手をつくして追っても追っても、どうにも尻尾がつかめない。

口惜《くちお》しいが、前に狙われた同じ屋敷に入られたこともある。

伝助たち捕り方は、白狐にふり廻された。

半年後、白狐はまた姿を消し、数年がたって三たび現れた。

大胆不敵にして神出鬼没、変幻自在。

それからは荒稼ぎをしては消え、ほとぼりの冷めたころにまた現れては消え、現れては消え……の繰りかえしだった。

「二十五年ほど前から十年前まで、およそ十五年、白狐とのそんな追っかけっこでござんした。しまいの五年は八左衛門の旦那も亡くなり、あっしも還暦を迎えた。けど、もし白狐の一味が江戸から消えた噂を聞いてなきゃあ、岡っ引きは辞めなかったと思いやす。なんだ、てめえら、江戸からいなくなっちまったのかい、こちとら、てめえらと酒でも呑みたかったのによ、つまらねえ、この町で隠居暮らしを始めたのは、そういう気分でしたかねえ」

　軒の風鈴が、伝助の気持ちを映してしょんぼりしていた。

「札差を狙うのは白狐らしくねえ。本当かどうか知らねえが、義賊って評判も読売が作ったようで、どうも信用ならねえ。だから、あっしの思い違いかもしれやせん」

　伝助は裏庭の盆栽を眺めた。

「白狐の渾名《あだな》は八左衛門の旦那が最初に仰ったんでさあ。満月の夜でございやした。一味が押しこんだ屋敷の屋根に逃れて、追いつめたぞとあっしらがとり囲むと、やつら、夜空に煌々《こうこう》と輝く満月に向かって気持ちよさそうに、けええん、けええん、と吠えやがった。その様子を、白狐みたいだったと八左衛門の旦那があとで人に話したのが読売に流れ、一味の渾名になったんでございやす」

二十五年前と言えば晋作はまだ八歳。

白狐という盗人の評判を近所の子供らの間でした記憶がある。

「銀狼は盗みに入った屋敷の屋根で、獣の遠吠えをやるそうでございやすね」

「そのようだ」

「そいつが銀狼の渾名になったと聞いたとき、あっしは思った。二十数年前の満月に吠えた白狐の姿が目に浮かびやしてね。白狐が帰ってきやがった、江戸に舞い戻ってきやがった、ああ、若けりゃあ、すぐにでも飛び出していくんだがなあって……」

大人になってからも、晋作は読売で白狐の呼び名を何度か目にした。

あれがそうだったか……

「白狐の仲間割れの噂は、どこから聞いた」

「鼓さま、岡っ引きなんてもともと裏街道に巣くうやくざや、いかがわしい連中と同じ穴の狢《むじな》なんでさあ。そういう連中の間で、どこからどうやってかはわからねえが、いろんな噂がしょっちゅう流れやす。白狐の様々な噂、嘘もありゃあ真実もある。十年前の仲間割れも、それらの噂のひとつでございやすよ」

「それらの連中の中に、十年前の噂を今でも訊ける者がいるか」

「むずかしゅうございやすねえ。あっしのつながりはとうにきれておりやすから……ですが隠居のあっしより、奉行所の廻り方の旦那方がそういう連中のことは詳しくご存じだと思いやす」

伝助はこたえ、湯呑を口に運んだ。そして台所の女房に声をかけた。

「おおい、熱い茶にとっ替えてくれ。お客さまの茶がすっかり冷めちまってる」

軒の風鈴が女房に代わって、ちりんとひとつ、小さく鳴った。

三

同じ日の午後。

東海道を高輪《たかなわ》大木戸へ向かう手前、元札辻から北西へはずれた通新町蓮乗寺《とおりしんまちれんじょうじ》わきに、名もない岡場所があった。

旅籠《はたご》ふうの二階家が黒板塀に囲われて数軒固まり、両開きの木戸門のわきに建つ見張り番小屋で、法被《はっぴ》に着流しの人相の悪い男らが屯《たむろ》していた。

廓《くるわ》の中でひと際大きな建物の表に、花菱屋《はなびしや》の暖簾がかかっている。

顔見世《かおみせ》の格子をたてた小座敷に白粉《おしろい》を塗りたくった女郎が二、三人、気だるげに客待ちをしていた。

日の高いこの刻限、遊びにくる客の姿はまだない。

端女《はしため》が表に打ち水をしていた。

昼から吹き始めた暖かい海風が、廓の半暖簾をゆらめかせている。

その花菱屋の内証《ないしょう》に、主人の豪造《ごうぞう》、芝で小料理屋を営む伊兵衛《いへえ》、豪造の下で廓の番頭を務める三津助《みつすけ》、深川の古着屋・市太郎《いちたろう》、下柳原の船宿・恵比寿家を営む与衛門と女房のお駒《こま》の六人が、鳩首《きゅうしゅ》密談にひそひそと耽《ふけ》っていた。

「……そういうわけで、このまま放っておいたら、どんなとばっちりがかかるかわからねえ。早いとこ手を打たなきゃあぶねえですぜ」

恵比寿家の与衛門が豪造から四人へ見廻した。

「くたばり損ないが、執念深い野郎だぜ」

「まったくだ。大人しく会津の田舎《いなか》に引っこんでりゃあいいものを」

「手を打つたって、何をすればいい」

伊兵衛と三津助、市太郎が苦々しく悪態《あくたい》を交わした。

腕組みをしている豪造が訊いた。

「手下は何人いるんだ」

「若い男が二人。これは間違いありやせん。おそらく兄弟です」

「二人か。瓦版じゃあほかにも仲間がいるようなことが書いてあったぜ」

「おりやす。女がもうひとり、っていうか……」

与衛門が首をひねったところへ、お駒が口を添えた。

「柳橋の芸者がおります」

芸者かい、とほかの三人がそそられた。

「花守という源氏名で、半年前、柳橋の置屋から売り出して、たった半年で柳橋界隈《かいわい》でたいした評判をとってる芸者です。芸もひととおり達者にできますが、とにかく、男好きのする、女のわっちから見ても器量よしです」

「その花守って器量よしの芸者が、押しこみに加わってるのか」

「んなわけねえだろう。見張りか何かさ。女にできる仕事じゃねえよ」

「限らねえぜ。女だって仕こみゃあできるさ」

三津助と市太郎が言い合った。

「そこらへんはいっさいわからねえ。野郎、仲間のことも仕事の手はずも明かさねえんだ。ただ足場がいるから船宿と舟を貸せと、それだけさ。おれたちはやつらが夜更けに河岸場から舟で出かけ、一刻か一刻半ほどして戻ってくるのを息を潜めて待ってる。ほかには何もしねえ」

与衛門がこたえた。

「分け前はもらってるのかい」

「宿代を、くるたびに一両、おいていきやがる」

「たった一両か？」

三人が猜疑心《さいぎしん》の強い目を、与衛門とお駒に泳がせた。

お駒が不満と嘲りを顔に表した。

「嘘じゃありませんよ。やつらうちの宿と舟を足場に使って何百両と稼いで、こっちはたったの一両ですからね。情けないったら、ありゃしない」


その男が柳橋のたもと、下柳原の船宿・恵比寿家を訪ねてきたのは、まだ風の冷たい春の初めだった。

見世にいた女房のお駒が、蒼白《そうはく》になって与衛門を呼びにきた。

「あんた、お、驚いちゃあいけないよ。ゆうれい、幽霊が出た」

「昼間っからふざけんじゃねえ。こちとら、忙しいんだ」

お駒に押され見世に顔を出すと、土間のあがり框《かまち》に黒い十徳《じっとく》を着て頭巾《ずきん》をかぶった男が腰かけていた。

あっ、親分――

思わず声に出かかった。

「ご亭主、女将《おかみ》さん、お久しぶりでございます」

男は、十年前とは較べ物にならない穏やかな笑みを浮かべていた。

背の高い二人の美しい若者が、男の傍らに立っていた。

「なかなか立派な船宿を営まれて……」

男はゆっくり見廻し、ふふ、と笑った。

与衛門は震えた。

幽霊じゃねえ。生きていやがった。

「わたくし、北庵《ほくあん》という名で、今は絵師を生業《なりわい》にさせていただいております。この者らは弟子でございます。本日は、ご亭主と女将さんに、のっぴきならぬお願いがございまして、突然、おうかがいさせていただきました」

「こ、ここじゃあ、な、な、なんですから……」

与衛門とお駒は北庵と名乗る男と、二人の弟子を二階の座敷にあげた。

「仕かえしにきたんだよ。あんた、逃げなきゃあ」

お駒が与衛門の背中にしがみついて言った。

「うるせえ」

与衛門はお駒を叱《しか》り、仕舞っておいた匕首《あいくち》を用心に懐へ忍ばせた。

与衛門とお駒は、二階座敷で北庵と二人の弟子に対座した。

「半次《はんじ》さん、お麻《あさ》さん……」

北庵は笑みを絶やさず、いきなり昔の名前を呼んだ。

「また仕事を始めたいと思いましてねえ」

仕事だと？

「昔の知り合いを集める気はありません。岩太《がんた》を始めみんな、堅気《かたぎ》になって仕事に精を出してるそうですね。結構なことです。いずれご挨拶《あいさつ》にはうかがいますが、今はまだ。仕事はこの者らといたしますので」

そこでお願いですが……

と北庵は、仕事の足に恵比寿家の舟を貸してほしいと持ちだした。

与衛門は、うっ、とこたえにつまった。

「舟をお借りするたびに十両、お支払いいたします。お二人は、絵師の客の妙な頼みに応じたまでというふりをしておればよろしいのです。船頭はわたしが務めます。ほかに頼み事ができればあらためてお願いいたします。お二人とは昔のよしみ。殊《こと》に半次さんには十年前、多少お貸ししたものもありましょうから、まさか、お断わりにはなりますまいねえ」

北庵は微笑《ほほえ》み、二人の若者は氷のような冷たい目で見つめていた。

別人を装った丁寧な言葉遣《づか》いや穏やかな笑みが、不気味だった。

震えがとまらなかった。

冷や汗が出た。

過去の亡霊が甦って、与衛門とお駒にとり憑《つ》いた。

亡霊には逆らえない。

二人は黙って頷いていた。

「岩太らにはくれぐれも内密に。そのときがきたら、こちらから……」

その日、北庵は手打ち金一両をおいて帰った。

「あんた、どうする?」

「どうするったってえ、おめえ……」

それからひと月、北庵は現れなかった。

さらに数日がすぎた二月の夜五ツ（午後八時）、北庵と二人の弟子だ恴比寿家に現れた。

北庵は同じ十徳に頭巾、弟子は地味な袷の着流しだった。

ただ若い方の弟子が小ぶりの葛籠《つづら》を連尺《れんじゃく》で背負っていた。

座敷にあがると、北庵が悠然と言った。

「ご亭主、今夜は第六天門前町の宝井さんの花守という芸者を、揚げていただけますか」

第六天門前町の置屋・宝井の花守は、近ごろ売り出しの柳橋で評判の高い芸者だった。

「宝井さんには花守を画《か》かせてほしいと、前からお願いしてありますから。ひと晩、花守を絵に画くためと。お願いします」

やがて花守が箱男を従え、恵比寿家に現れた。

銀鼠の小袖《こそで》に萌黄《もえぎ》と黄の水仙《すいせん》が咲いていた。

忍《しの》ぶ髷《わげ》に笄《こうがい》、簪《かんざし》もさりげなく、昼夜帯《ちゅうやおび》をだらりに結んで、まるでそこだけに光が差し、たじろぎを覚える妖しい色香がたちこめた。

冗談だろう。

花守は、北庵が誰か知らずに揚がっているんじゃねえか。

与衛門は思った。

だが花守は箱男を帰し、勝手知ったふうに二階座敷にあがっていった。

夜四ツすぎ、着流しに着替え頭巾をかぶった北庵を船頭に、花守と二人の弟子を乗せた日除け舟が、夜の舟遊びにでも出かけるように神田川にすべり出た。

薄い月明かりが差していた。

与衛門とお駒は障子の陰からそれを見送った。

一刻ちかくがたった。

呼子《よびこ》が遠くの夜空に響きわたった。

町は寝静まり、二人はまんじりともしなかった。

九ツ（午前零時）前、舟が戻ってきた。

与衛門とお駒の寝間に、北庵がひとりで幽霊のように忍びこんできた。

障子を照らす月の光の中で、顔もおぼろな北庵に射竦《いすく》められた。

十徳姿に戻った北庵が、二人の前に十両をおいて言った。

「今夜の舟代です。わたしは恵比寿家さんでは八助と言う名の船頭と、お含みおきください。ゆめゆめ油断のないように。それから、わたしの言うとおりにしなかったときはあなた方の命の保証はいたしかねますので」

与衛門とお駒は、震えながら頷いた。

ただ、北庵は恐ろしいが濡れ手で粟《あわ》の十両は魅力だった。

「命あっての物だねさ。しばらく様子を見るしかないよ」

お駒が十両をつかんで言った。

翌日、番町の旗本屋敷が盗人に押し入られ、百数十両の金が盗まれたという噂が聞こえた。

銀狼の渾名がまだ評判になっていないころだった。


「豪造さん、この月頭《つきあたま》に、やつら、一ツ橋御門外の武家屋敷に押しこみやがった仕事は聞いてやすか」

「読売で読んだ。七件目だってな」

「その折り、仕事がすんで引きあげる神田川の和泉橋あたりで捕り方に舟をとめられ、いろいろ訊かれたらしい。幸い舟には花守とあの野郎だけだった」

「あの野郎の手口だ。引きあげるときはいくつかに分かれて引きあげる。そのほうが変装もしやすいし自由が利く。腕は鈍《なま》っちゃいねえ」

「そこで、これは柳橋の恵比寿家の舟で、客の侍と見送りの芸者を牛込の先まで乗せてった帰りだと、客のお侍さまの名前はご勘弁をと、袖の下を使い言い逃れたことは逃れた」

「そいつはあぶねえな。役人がいずれ裏をとりにくるぜ」

「そうなんで。あの野郎、あっしらに釘《くぎ》をさしやがった。万が一、役人が裏をとりにくる場合もあるから、侍の客や花守のことについてああ言えとかこう繕《つくろ》えとか、細かく……」

しかし、与衛門とお駒は肝《きも》を冷やした。

これでも下柳原で十年、船宿をきり盛りする亭主と女将だ。客もついてる。

こんなことを続け、今に捕り方が御用だと乗りこんできたらどうする。

「いくらなんでも、たった二、三カ月で七回も押しこみはやりすぎだ。そのうえに何をとち狂ったか、貧乏人に金を施《ほどこ》したとかで、義賊の評判をとって番所の神経を逆《さか》なでしていやがる」

「本当に貧乏人に金をまいてやがるのかい」

三津助が口を入れた。

「んなこたあ知らねえ。ただ豪造さん、やつらがどじを踏んだらおれらも無事ではすみやせん。あの野郎がとっ捕まって昔の盗みを吐きやがったら、こっちも同罪、小塚原《こづかっぱら》にみんなの獄門首を晒《さら》すことになりやすぜ」

獄門首と言われ、豪造が苦虫を嚙みつぶした。

「だからと言って、畏れながらと御番所に訴えることもできはしねえ」

昼間から客がのぞきにきたのか、格子の女らが嬌声《きょうせい》をあげた。

外で犬が吠えていた。

「おおい、誰かいるか。酒をもってこい」

豪造が内証の外に怒鳴った。

着物がしどけない年増《としま》の女郎が、一升徳利と碗《わん》を運んできた。

「旦那さん、肴《さかな》はどうするべえ」

「適当にみつくろって持ってこい」

豪造は自分で酒をついで勝手に呑み始めた。

ほかの者も「おう」「ああ」と徳利を傾け合い、言葉もなく碗を舐《な》めた。

「糞《くそ》が。義賊だと。面白くねえ」

豪造が吐き捨てた。

「おれたちは、もう昔のおれたちじゃねえ。また今さら、昔のおれたちに戻ることもできはしねえ」

「そうだ。足を洗って築いた暮らしを、今さら水の泡にはできねえ」

「与衛門、野郎はいずれ挨拶にくると言ったんだな」

「へえ。自分のほうからと」

「上等だ。こっちから声をかけようじゃねえか。こっちが預かってるあの野郎のとり分をわたすと言ってな」

みなが碗の手をとめ、豪造の次の言葉を待った。

「心配すんねえ。つけなきゃあならねえ始末に、けりをつけるのさ」

四

晋作は午後から奉行所に出た。

およそ二十五年前から十五年間、現れては消え、消えては現れ、江戸の武家屋敷を狙った白狐の盗み働きを、例繰方《れいくりかた》詰所の資料で調べなおした。

白狐は捕縛されなかったため、お仕置済帖《しおきすみちょう》、奉行が老中にうかがいをたてるお仕置伺帖《うかがいちょう》は残ってはいない。

各掛が奉行に提出する捜査日誌にあたる言上帖《ごんじょうちょう》が残っているはずだった。

「白狐の一味は、南町の相良八左衛門さんが熱心に追いかけていましたから、うちの廻り方の資料はあまり多く残っておりませんが……」

と言いながら、詰所の下役同心が晋作の求めた言上帖の埃《ほこり》をはたいた。

悪事は一年がすぎると旧悪になる。

悪いと気づき、あらためて十二カ月がすぎれば不問にされる悪事もある。時効である。

だが、白狐のような徒党を組んで押し入った盗賊に時効はない。

言上帖には、押し入られた屋敷、日時、盗まれた金額、押し入った人数、進退の方法手段、逃走経路と思われる道筋など、廻り方が当事者や周辺の訊きこみからつかんだ内容が記されていた。

殺し、傷害は一度もない。

動きが敏速である。

屋根の上で白狐が遠吠えをするさまを見た証言もあった。

札差など商家を狙ってはいないものの、確かに、銀狼の手口と似ている。

小島町の伝助が「見事」「鮮やか」と語った気持ちが晋作にもわかった。

けれども、探索の進展が覚束《おぼつか》なかった実状《じつじょう》は、それ以上の記述がないことから容易に推《お》し測られた。

よく似た記述が次々と単調に続くばかりであった。

頭目の名前も一味の正確な数も不明である。

ただ、白狐探索の最後に、ひとつだけ、違う記述があった。

晋作が吟味方に任ぜられて一年がすぎた十年前の一月、まだ新米の身で夥《おびただ》しい公事《くじ》の処理に毎日毎日追われていたころだった。

南町の廻り方の手先がつかんだ差し口から、谷中三崎町《さんさきちょう》にある私娼窟《ししょうくつ》が、白狐のねぐらではないかとの疑惑が浮かび、月番の南町の応援に廻って北町の番方の与力と同心も出役していた。

出役の顚末《てんまつ》は、私娼窟を営んでいた麻という女が姿を消して空き家になっていたうえに、白狐の痕跡も見つからなかったという簡単な内容だった。

それ以後、白狐探索の記述はない。

「白狐、覚えております。武家屋敷を狙って盗みを繰りかえした……ちょっと評判でしたなっ。もう一年になりますか――

晋作は与力番所につめている非常取締掛与力・長山年太郎《ながやまねんたろう》の話を訊いた。

長山は十年前のその日の番方で、同心三人を率い検使出役していた。

「麻という女は上州渡良瀬川《わたらせがわ》の北猿田《きたさるだ》の出だったそうですな。家主によれば、その三、四年前に仮人別で住み始めて、初めは女をひとり雇い、二人で客引きをしていた。家主は見て見ぬふりをしていたわけです。三崎町界隈は、町屋といっても辺鄙《へんぴ》な土地ですから、たいして流行《はや》らなかったのでしょう。そのうち女に暇を出して麻がひとりになったが、そのころから得体の知れない男らが出入りし始めたらしい。で、白狐の一味がその中にいるとの差し口があったんですが、顚末はわれらが踏みこむ数日前に、麻が家主のところにやってきて、もう暮らしていけないから奉公口を見つけると言って店を引き払ったという事情でしてね。白狐とかかわりがあったかどうかも、麻の行方《ゆきかた》もわからぬままでして……」

夕刻七ツ半（午後五時）すぎ――

晋作は八丁堀の屋敷に戻った。

妻の高江が居室廊下で晋作を出迎えた。

高江の手伝いで着替えをするそばで、苑と麟太郎が遊んでいる。

「谷川から連絡はなかったか」

「ございません。昼間はお会いにならなかったのでございますか」

万次が昼すぎに合流するはずと言っていた谷川礼介からは連絡がない。

「事情が変わったのだろう」

渋茶の袷に着流すと、苑と麟太郎を両腕に「そおら」と抱きあげた。

両腕の中で小さな宝物が幼《いとけな》くはしゃいだ。

中庭の縁廊下から見あげる初夏の空は、まだ明るい。

晋作は苑に、今日は何をしたかと訊《たず》ねた。

うんとね、あのね、と苑は思案げに言った。

「お母さまとじのてならいをいたしました、おばあさまと、おへやにかざるはなをいけました、それから……あした、おじいさまとじゅっけんだなに、りんたろうのむしゃにんぎょうをかいにまいります。おばあさまとお母さまもごいっしょにまいります」

晋作は苑と麟太郎を抱いたまま、高江をかえり見た。

高江は晋作の裃《かみしも》と袴《はかま》を畳みながら、口元をほころばせた。

「そうなのか？」

「はい。お義父《とう》さまが麟太郎の初節供《はつぜっく》だからそろえねばならんと申されまして」

来月五日は端午《たんご》の節供である。

新しく買わずとも、晋作の初節供の折りの飾り道具が一式そろっている。

「もったいない気もするが、まあよいか。なあ、苑」

「はい。もったいないのでございます」

晋作と高江は笑った。

家では夕餉《ゆうげ》は家族がそろって広間で膳を囲む。

一家の主《あるじ》と家族が別々に食事をする武家は多いが、父・又右衛門は晋作が物心ついたときから家族とともに夕餉をとってきた。

だから晋作もそうしている。

その夕餉は、父・又右衛門、母・喜多乃、高江と膝に抱いた麟太郎、箸《はし》を懸命に使っている苑がそれぞれの膳を囲み、明日の買い物と端午の節供の話題などで話がはずんだ。

又右衛門は昔から晩酌を嗜《たしな》んだ。

隠居の身になってから、酒量が多くなった。

「晋作、もう少しつき合え」

と又右衛門が機嫌よくすすめるのを、

はい――

と受けたが、晋作は谷川礼介からの連絡が気になっていた。

案の定、そこへ相田翔兵衛が谷川の来訪を告げた。

「座敷にとおしてくれ。すぐいく」

「お急ぎのご様子で、玄関先でお待ちです」

「そうか。高江、仕度を頼む」

谷川は布帷子《かたびら》の着流しに刀も差さない町人の風体で、玄関前の敷石に片膝をついていた。

「礼さん、待ってた。ずいぶん遅かったな」

「ご連絡が遅れ、申しわけございません。これまでの調べのご報告にあがるつもりでおりましたが、昼前、耳寄りな話を聞きつけ、それを確かめるのについつい今までかかってしまいました。その件について、夜分畏れ入りますが、ご足労願えませんか。事情は歩きながら……」

「わかった。仕度をする。相田、供をせよ」

提灯を提げて玄関を照らしていた相田に命じた。

「谷川、久しぶりだのう。傷は癒《い》えたようだな」

ほろ酔いの又右衛門が、いつの間にか玄関に出てきていた。

「これはご隠居さま、ご無沙汰《ぶさた》いたしておりました。ご隠居さまもご息災のご様子、何よりでございます」

「わしはこのとおり、物事にくよくよできん性質だからな、ははは……」

居室では高江が袴の用意をして待っていた。

晋作は二本を差し、菅笠を手にした。

高江は麟太郎を抱き、苑の手を引いて冠木門《かぶきもん》まで晋作を見送った。

又右衛門と喜多乃も出てきた。

又右衛門は苑を抱き上げ、相田のかざす提灯の火を見送りながら言った。

「二人とも、働き盛りのいい男になった」

「本当に、さようですねえ。二人ともいい顔をしております」

喜多乃が感慨深げに呟《つぶや》いた。

湯島《ゆしま》天神裏の鬱蒼《うっそう》と繁った樹木が息を潜める崖下《がけした》に、天神長屋がある。

なだらかな切通坂《きりとおしざか》をあがる途中の天神長屋の木戸の前に女の影が浮かんだ。

小さな包みを背にからげ、竹の網代笠《あじろがさ》に手には丸木の梓弓《あずさゆみ》を持っている。

梓巫女《みこ》の桂木《かつらぎ》、谷川の手先である。

相田の提灯の明かりが、細い顎《あご》に不釣合いな一重《ひとえ》のきれ長の目と筋のとおった鷲鼻《わしばな》が桂木の器量に醸《かも》している不思議な妖しさを映し出した。

年は二十代半ばと聞いているが、大年増にもまた少女にも見えた。

桂木は目深な網代笠の陰で目礼した。

「桂木、すまん。待たせたな」

谷川が労《ねぎら》った。

「わたしもきたばかりです。守《もり》の市《いち》も今、家に戻ってきました」

桂木が、夜の暗闇に塗りこめられた路地に顔を向けた。

「明かりが点《つ》いてねえな」

「明かりを点ける必要がないのでしょう。右の四軒目です」

「そりゃあそうだ。晋さん、いきましょう」

晋作は頷いた。

三人の草履と、桂木の下駄の音が路地のどぶ板を鳴らした。

谷川が表の腰高障子にすっと寄り添った。

「守の市さん、いらっしゃいやすか」

返事はなかったが人の気配はあった。

「守の市さん、開けやすぜ」

腰高障子を引いた。

「だ、誰だ」

暗い家の中から甲高《かんだか》い声が咎《とが》めた。

谷川に続いて晋作は土間に入った。

饐《す》えた味噌《みそ》の臭いがした。

「怪しいもんじゃねえ。北の御番所のもんだ」

「北の？　町方だと。騙《だま》されないよ」

相田が土間に入って提灯をかざすと、四畳半に敷いた煎餅《せんべい》布団の上で、守の市が杖をつかんで立っていた。

「騙しちゃいねえ。ほら、十手《じって》だ。触って確かめてみな」

谷川が帯の後ろに挟んだ十手を差し出した。

守の市は用心しながら近寄り、十手と朱房に触って確かめた。

「こりゃあ本物らしいな。わかった。で、町方が今ごろ、なんの御用なんだい。おや、女がいるね。女はなんだい」

「おれの手先だ。心配はねえ」

「ふうん。女が町方の手先かい。香が臭うね。器量は並だが、男を悩ませるいい女だ。あたしは臭いでわかるんだよ」

守の市は立ったままだった。

あがれとも、かけろとも言わなかった。

「くらやみ横町の城の市のことを訊きにきたんだ。あんたの古馴染《ふるなじ》みの」

「別に馴染みじゃないよ。あたしも城の市も山谷検校さまに入門して、同じ金貸しを生業《なりわい》にしてる、それだけの間柄さ。もっとも、城の市は評判の悪い金貸しだったけどね」

晋作は視線を廻《めぐ》らした。

竈《かまど》に甕《かめ》、欠けた茶碗に蜘蛛《くも》の巣の張った棚、汚れた布団に破れた枕屏風《まくらびょうぶ》や脱ぎ散らかした着物など、家の中は荒れていた。

「そこのお侍、今、家の中を見廻したね」

守の市は、目が見えているかのように、晋作に杖を突きつけた。

「みすぼらしい家だと思ってるんだろう。けど人は見かけじゃないよ。あたしゃ目が見えないから見かけを飾る必要がないのさ。この家で十分なのさ。人目など気にしなきゃあならない目明きは不自由なもんだ。いいかい、金貸しは見かけを貸すんじゃないよ。金を貸すのさ」

「守の市さん、そう尖《とが》りなさんな。ところで、あんた、城の市が下谷御徒町の忍川に浮いてた一件は、知ってるね」

谷川がなだめ口調になった。

「だからあんたらがきたんだろう」

「城の市を殺したやつを知っていると、言いふらしてるそうじゃないか」

「言いふらしちゃいないが知っているよ。城の市が言ってたからさ」

「どういう意味だい」

「だから城の市が、あんないい女はいない、おれの女房にしてやると前から言ってたのさ。あいつは目明きのくせに目が見えないふりをして座頭になった性質《たち》の悪い男だった。なまじ目が見えるもんだからいい女に目がない。座頭はね、いい女は目で見るもんじゃない。鼻で嗅《か》ぎ分けるもんなんだ。あたしはいずれこういうことになるんじゃないかと、思ってた」

「城の市を殺《や》ったのは、女だってえのか」

「柳橋の花守って芸者だ」

「花守？　城の市が殺された晩、柳橋の水茶屋に揚げた芸者だな」

「その晩に揚げたかどうかは、あたしゃ、知らないが」

「証拠はあるのか」

「臭いが証拠さ。間違いない。あたしには、人の世のことは臭いを嗅げばなんだってわかるんだ」

「それだけか」

「おや？　信用しないのかい。じゃあ不自由な目明きのために、もうひとつ教えてやろう。花守ってえ芸者は城の市の昔の知り合いなのさ。しかも、かなりわけありの。ふふ……そそられるだろう。花守の親には貸しがある。親の借りをおれに一生奉仕してかえすのが、娘の務めだろうってさ。あくどい男だよ。同じ金貸しのあたしでさえ、城の市のあくどさにはかなわない」

「親は誰だ」

「御徒町の柴崎沖節《しばざきちゆうせつ》という貧乏御家人の娘さ。もっとも、十年前に死んじまったがね。首を刎《は》ねられて」

「首を……どんなわけが、あった」

「そっから先は、自分らで調べるんだね」

「そのわけがわかれば、花守が城の市を殺った理由も知れるんだな」

「ああ、しっかり臭いを嗅げば、理由がわかるさ」

「守の市、ひとつ、聞かせてくれ」

晋作がそこで初めて口を開いた。

「おや、お侍、やっと口を利いたね。澄んだいい声だ。だがあんた、出世しないよ。出世するやつはもっと声が汚れてる。澄んだ声は出世する汚れた声には耳障《みみざわ》りなんだよ」

守の市は杖を晋作に向け、小刻みにふった。

かまわず、晋作は言った。

「花守という芸者が城の市を手にかけた、方法、手段はその鼻で嗅げるのか」

「殺し方なんぞ知らないよ。けど言っとくが、花守には弟らがいる。花守に城の市を殺す理由があるとすれば、弟らにも理由があるかもしれないね」

ははは……

守の市は甲高い笑い声を、荒れ果てた孤独な茅屋《ぼうおく》にまいた。

第三章　摩利支天の陽炎

一

梓巫女《あずさみこ》・桂木は、下谷くらやみ横町で座頭金を営む座頭・城の市の悪い噂《うわさ》は以前から聞いていた。

御徒町の貧乏な御家人さんらに小金を貸してさ、とりたてがえげつないんだ。あの野郎はよ、仏の着物だって剝《は》ぐし、人の生き血を吸って、骨までしゃぶる強欲な金の亡霊なのさ。

それにさ、あの男、本当は目が見えてるらしいよ……

などと芬々《ふんぷん》たる悪評だった。

数日前、城の市が殺されたと知ったとき、金にまつわるもめ事がもとで殺されるなんてと、桂木は因果を儚《はかな》んだだけだった。

守の市という座頭が、城の市を殺したのは柳橋界隈《かいわい》で近ごろ評判の芸者・花守だと言いふらしていると桂木に話したのは、読売や町方の手先相手にねたを売っている両国広小路の遊び人、富三《とみぞう》だった。

守の市によると、柳橋界隈で評判をとっている芸者・花守は、御徒町の元貧乏御家人の娘で、親は城の市に大きな借りを作ったまま十年前に死んだ。

城の市はそれを花守に持ち出し、おまえはおれの女房になって親の借りをかえす務めがあるだろうと迫った。

花守は城の市にしつこく迫られ、女房になるのが嫌なら親に貸した物をかえせと脅され、思いあまってとうとう手をかけた、と言うのだ。

「んなばかな……」

富三は笑いつつ言った。

「花守は会津若松の寺男の娘だ。旅芸人の女との間にできた子でよ、三絃《さんげん》や唄踊りは母親に仕こまれたそうだ。母親はほかに弟を二人産んだが若い男を作って逃げちまった。親父は暮らしに困って、娘は器量はいいし、芸もできるし、芸者に売れば高い値がつくだろうと、江戸の女衒《ぜげん》に売ったのさ」

富三のねたに、桂木は関心をそそられなかった。

桂木は谷川の指示で、銀狼一味の貧乏人への施《ほどこ》し、金のばらまき、義賊の噂の出どころを探っていて、城の市殺しが銀狼につながるねたには思えなかった。

それが昨日の昼——

桂木は梓巫女の口寄せを頼まれ、上野町の九四屋《くしや》の女房を訪ねた。

九四屋の居間に集まった近所の表店《おもてだな》、裏店の女房らが「あっしは死んだ伯母さんの」「あっしは先年亡くなったじいさまの」と求めるままに、桂木は丸木の梓弓を鳴らし、

よりくるはよりくるは……いつより胸のもゆる火も
消えぬ思ひと伯母ごぜの……

と信士《しんじ》信女《しんじょ》の安否を問うて涙をひとしきり誘ったそのあとだった。

桂木が帰り支度をしていると、女房たちがひそひそ話を交わしていた。

「そうそう、味噌《みそ》屋の熊《くま》さんとこだけじゃなく、質屋の梅吉《うめきち》さんとこにも金が投げこまれたって言うよ。最初が米屋の清《せい》さんだったろう……」

さりげなく聞き耳をたてた桂木は、それが銀狼から金の施しを受けた近所の人

たちの噂話らしいとわかって驚いた。

「これは茶菓代の足しにでも……」

と口寄せ料からいくらかを戻し、

「今のそのお話って、もしかして銀狼一味の件じゃ、ありやせんか？　貧乏人にお金をまいたと評判になっている……」

噂好きの素ぶりを向けた桂木に、女房たちは途端に声を忍ばせ、

「そうなのさ。巫女さんなら、真《まこと》か嘘《うそ》か、わかるんじゃゃないの」

とその奇妙な噂話に花が咲いた。

銀狼が武家屋敷や蔵前の蔵宿に押しこんだ評判が巷間《こうかん》に少しずつ知れわたりだした三月、誰が言いだしたか、上野町と下谷同朋町の界隈でかなりの額の金がある家々に投げこまれた噂が、まことしやかに流れた。

それが銀狼一味の仕業《しわざ》かもしれぬと言い始めたのは、摩利支天《まりしてん》横町に組屋敷を連ねる一部の御家人たちだった。

上野町内から山下に抜ける小路の途中に摩利支天徳大寺《とくだいじ》のある摩利支天横町が中御徒町に通じている。

最初は、その摩利支天横町に住む小普請組《こぶしんぐみ》の御家人の間で、この春より江戸市

中を騒がせている銀狼の正体が、十年前まで同じ組屋敷に住んでいた御家人の一家に残された子供らではないか、とささやかれ始めた。

その御家人は罪を犯し斬罪《ざんざい》の処罰を受け、家はとりつぶされた。妻は自害して果て、残された姉と二人の弟は江戸払いとなり、会津若松の知人のもとに身を寄せたとも、途中で野垂れ死んだとも伝わった。

子供らの詳しい消息を知る者はいなかった。

ただ、金を投げこまれたと噂にあがった相手が、その御家人の一家が貧しさに喘《あえ》ぎ苦しんでいた当時、一家に同情してわずかでも救いの手を差し伸べた家々だったことを、御家人たちは訝《いぶか》しく思ったらしい。

金を投げこんだのが銀狼だという証拠もなかったし、本当に投げこまれたかどうかを確かめた者もいなかった。

にもかかわらず、組屋敷内では密かな話題になっていた。

「一家の消息を絶った子供らが成長し、盗賊となって江戸の町を荒らし始めたが、昔受けた恩は忘れず、盗んだ金を恩人らに投げているのではないか」

それが町内の噂好きの女房たちの間にも流れ、〈銀狼の恩がえし〉と呼ばれてくすぶっていたのだ。

桂木が女房たちから聞いた噂話には、そのうえに座頭・城の市が忍川に浮いていた数日前の一件がからんでいた。

摩利支天横町のその御家人が斬罪の処罰を受けたのは、十年前、くらやみ横町の座頭・城の市を襲い金を盗んだ、という罪によってだった。

当時、その一件は界隈で知らない者はなく、

「無理もねえ、城の市は人の心がわからねえやつだからよ」

と、貧しい御家人一家に同情する声が多かった。

御家人は病身の妻と子供を抱え切羽《せっぱ》つまり、挙句《あげく》の凶行だった。

女房たちはそれを覚えていて桂木に言った。

「城の市殺しは銀狼の仕業に違いないよ。ありゃあ銀狼の恩がえしの次に、親の無念をはらした銀狼の仇討《あだうち》さ」

富三から聞いた柳橋の芸者・花守にまつわる守の市のねたと、上野町の女房たちが言う摩利支天横町の御家人と銀狼の噂話が複雑にもつれ合っていた。

御徒町の貧乏御家人、座頭・城の市への借り、斬罪、残された子供、姉と弟たち、子供たちが身を寄せたかもしれぬ会津若松の知人、そして富三が言っていた会津若松の寺男の娘……。

「それでわたしは、晋さんには申しわけなかったのですが、昼間、城の市殺しの掛を務める南町の廻り方へ、調べの進展を確かめにいっておりました」

　谷川は晋作に語った。

「南町では、城の市が入れ揚げていた芸者・花守の素性が、会津若松の禅勝寺《ぜんしょうじ》の寺男・和助《わすけ》の娘・花《はな》であることに相違なしとすでに調べをつけておりました。また城の市の首筋に残った鍼《はり》でできたような傷跡から、手をかけた者は、相当の手練《てだれ》、武士でなくとも、鍼灸師《しんきゅうし》ならできるかもしれない技だと。そういう始末を専門に請け負う稼業の者とも考えられると述べておりました」

「城の市に恨みを抱いた者が、殺しを金で頼んだのか」

「はい。南町は、城の市殺しを銀狼とも花守ともまったくかかわりのない、城の市から金を借りている者らを一人ひとりあたっているようです」

「もし、城の市殺しに銀狼がかかわっていると仮定したら、銀狼が初めて人を手にかけた仕業になるな。昼間、小島町の伝助から聞いた白狐の一味もそうだった。例繰方で昔の資料にあたったが、白狐一味に殺しは報告されていない。銀狼も今までは人を傷つけたことはなかった」

「城の市殺しが銀狼だとすれば、盗みとは別の理由が何かあったと……」

「たとえば、十年前の親の無念をはらすために……か」

「ですが、仮の話にすぎません」

そうだ。城の市殺しが銀狼の仕業と決まったわけではない。

湯島天神裏、天神長屋の路地から提灯《ちょうちん》を提げた相田翔兵衛を前に、晋作と谷川、後ろに桂木が従った四人は、切通坂をくだり、池之端仲町《いけのはたなかちょう》、下谷広小路を横切って大門町《だいもんちょう》、上野町二丁目の摩利支天横町へ折れた。

摩利支天徳大寺門前をすぎ、組屋敷の粗末な板塀や垣根が南側に続く横町は夜の闇の中で息を潜めていた。

野良犬が四人に吠《ほ》えたが、すぐいなくなった。

「ここです」

谷川は心得たふうに板塀の片開きの木戸をくぐった。

表の板戸の隙間《すきま》から淡い明かりがもれていた。

「松本《まつもと》さん、北の番所の谷川と申しやす」

谷川が板戸に顔を寄せ、静かに声をかけた。

建てつけの悪い戸が中から開き、小普請組の松本卓《すぐる》が顔を出した。

伸びた月代《さかやき》や痩《こ》けた頬の無精髯《ぶしょうひげ》に薄明かりでもわかる白い物がまじっていた。垢《あか》じみた茶の帷子《かたびら》には、継《つ》ぎ接《は》ぎがあたっている。

「どうぞ」

松本は、谷川から晋作、相田、桂木を見廻して言った。

「夜分、畏《おそ》れ入りやす」

「いいんですよ。人生は短いが、無役の身に夜は長い」

小広い土間と四畳半ほどの板敷があった。

角行燈《かくあんどん》が灯《とも》り、板敷を仕きる襖《ふすま》の破れを色紙を張って修理してあった。

襖の向こうで人の遠慮気味な咳払《せきばら》いがした。

土間には担桶《たごおけ》がいくつか並んでいた。

「油代がもったいないので普段は明かりをつけませんが、夜は暗がりの中で月明かりを頼りに、金魚を眺めてすごしております」

松本は桶をのぞきこんだ。

桶には金魚の群れが浮遊していた。

「金魚の養殖を始めて、暮らしが少し楽になりました。金魚はわが友、わが宝です。裏の小屋には赤鯉《あかごい》も養殖しております。どうぞ、おあがりください――

松本は土間に留まっている相田と桂木にも、

「武士の家と申してもこのようなあばら屋です。おあがりくだされ」

と腰をかがめて言い、四人に熱い白湯《さゆ》を出した。

晋作と松本が名乗り合うと、谷川は白紙に包んだ心づけを松本の前においた。

「このような物をいただくのは心苦しいが、祖父の代よりの相続小普請の貧乏暮らし、助かります」

松本は心づけを押しいただき、懐に仕舞った。

夜更けのこの刻限を指定したのは、松本のほうだった。

同じ組の隣近所の目をはばかったからだ。

「柴崎沖節の、一家のことでございましたな」

松本はゆっくりとした呼吸をした。

「柴崎は、同じ小普請組の貧乏御家人、わが幼きころよりの竹馬《ちくば》の友、生まれてから死ぬまで、貧乏暮らしだった。生きておれば今年四十九になります。二軒先の組屋敷に住んでおりました」

「一家の同居人は？」

谷川が訊《き》いた。

「お内儀に娘と伜《せがれ》が二人、一家五人でした。傘《かさ》張り、提灯張り、凧《たこ》張りなどの内職をやり家計を支えておりました。柴崎は器用だし頭のいい男だった。学問の道に進めれば、昌平黌《しょうへいこう》の教授方にものぼれたかもしれない秀才でした。だが、子供のころから親を手伝って内職に追われ、学問に時間をさく余裕などなかった。あの当時、金魚の養殖がいいとわかっておれば、もう少しなんとかなったかもしれません。あればあればと、今さら言っても空《むな》しいですが」

「くらやみ横町の城の市から金を借りておりましたね」

「柴崎の不運は、お内儀が胸を患《わずら》われ内職どころか臥《ふ》せってしまわれたことでした。美しいお内儀だったが。樹《いっき》という十二、三歳の上の娘が母親代わりになって弟らの面倒を見、柴崎をけなげに支えておりました。樹も母親似の美しい娘でした。樹が幼い下の弟の手を引いて、米屋やら味噌醤油屋にいき、払いを持ってくれと必死に頼むんですな。質屋にも通っていた。なんともいじらしい姿だった」

松本は目を閉じ、それから目を見開いた。

「けれど、治療代、薬代がかかって、それでなくてもぎりぎりの暮らしがたちまち破綻《はたん》したんです。切羽つまった柴崎は、情け容赦ない金貸し、えげつない座頭、と評判の悪い城の市に金を借りにいった」

「なぜ、そんな評判の悪い城の市のところへ？」

「なぜ？　と訊かれますか。そうですよね。あとで苦しむのはわかっているのに」

ふふふ……

松本は微笑《ほほえ》んでひと呼吸おいた。

「われわれ小普請の貧乏御家人には、まともな両替商や札差は金を貸してくれないのです。きちんとかえせる見こみがないということでね。とにかく、柴崎は城の市に借金をした。それが見る見る膨らんで、われわれ組の者が少しばかりの余裕を寄せ集めても、とうていおよばない額になっていた」

「その借金のことで城の市と柴崎はもめたんですね？」

「……城の市はたびたび柴崎の家に怒鳴りこんでいました。言うのも憚《はばか》られるような罵声《ばせい》がよく聞こえて、柴崎は何も言いかえさず耐えていた。一度、樹の叫び声と柴崎と城の市の怒鳴り合いが聞こえてきましてね。外に出てみると、城の市が臥せっているお内儀の夜着《よぎ》を利息の一部だと引き剝がしていくんです。樹と弟らが持っていかせまいと夜着に縋《すが》り、柴崎と、城の市は激しく言い争っていました」

松本は行燈の光の届かない暗がりに目を投げ、腕を組んだ。

「城の市は、とめに入ったわたしを睨《にら》んで、あんたが肩代わりできるのかいと、悪態《あくたい》をついた。思わず叩《たた》き斬《き》るぞとかっとなりました。と言っても、わたしも柴崎もとうに竹光《たけみつ》でしたがね」

「柴崎が城の市を襲い、金を奪った……経緯《いきさつ》を教えてください」

谷川が言った。

「そうあれは、梅雨《つゆ》もまだ始まらないのに、異常に暑い夏の日でした。陽炎《かげろう》が燃えておりましてね。柴崎がその陽炎の中で、ゆらゆらとゆれておったのが今でも目に浮かびます」

二

山下に抜ける通りに陽炎が燃えていた。

文化《ぶんか》六年の暑い夏の日だった。

柴崎沖節は垢と汗が染みた帷子の前裑《まえみごろ》についた土を払った。

草履の鼻緒がきれそうだった。

身体を起こし、照りつける日差しを見あげた。

息苦しい。

「どうか、わたしを死なせて、楽にさせて、ください」

一年近くも臥せり、痩せ衰えた妻が喘ぎ喘ぎ言った。

米びつには、何日も前からひと粒の米も残っていなかった。

米屋にもいき、味噌醤油屋にもいき、内職の前借りもしつくし、質草もなく、友の情けにもすがりつくした。

子供たちがひもじさに、ぼおっとしている。

妻の薬料どころではなかった。

一家の誰も、三日前からほとんど何も食べていなかった。

「どうか、あなた、わたしを……」

柴崎はふらふらと立ち上がった。

土間におりたとき、立ち眩《くら》みがして思わず膝《ひざ》をついた。

摩利支天横町を抜け上野町の通りに出て、前褌の土に気づいたのだ。

柴崎は手拭《てぬぐい》で汗をぬぐい、下谷町を目指した。

くらやみ横町の座頭・城の市の店の、表格子戸を開けた。

「ごめん」

奥の襖が半ば開いていて、城の市が剃髪《ていはつ》の首から上だけを出し、ああ――

と煩《わずら》わしげに息を吐いた。

城の市は目が見えた。それを柴崎には隠そうともしなかった。

柴崎は後ろ手に格子戸を閉め、土間に立って腰を折った。

「城の市どの、また金をお借りしたい。妻の薬料が必要なのです。子供らにも食べさせてやりたい。何とぞお願いいたす。何とぞ」

城の市はそのまま柴崎をじろじろ見つめていた。

「あんた、馬鹿か。これまでの借金もかえせないのにまた借りたいだと。借りた金をかえさないのなら、そいつは借金とは言わず盗みと言うんだ。泥棒だ。どこの世間に泥棒に、盗んでくださいと金を差し出すお人好しがいる。帰れ。あんたに貸す金はない。あたしは忙しいんだ」

城の市は首を引っこめた。

「城の市どの、何とぞ、情けでござる」

柴崎は土間にひざまずき、頭《こうべ》を垂れた。

手はつくした。あとは……

侍を捨て、借金を踏み倒して逃げ、見知らぬ土地で乞食《こじき》をしてでも……だが病で動けぬ妻は、どうする。

一家心中、それが柴崎の頭に過《よぎ》った。

「城の市どの……」

柴崎はうずくまったまま、動けなかった。

「うるさいねえ。そんなところでいじいじされちゃあ迷惑なんだよ」

城の市が襖の陰から出てきた。

「情けだと。何を甘ったれたことを言ってるんだ、この虫けらは。他人《ひと》さまのお情けばかりをあてにするんじゃないよ。その前に、自分でできることがまだあるだろう」

「借りた金は、必ず、必ず、かえします。お願いです、城の市どの」

柴崎は城の市の着物の裾《すそ》にすがった。

「ああ、汚い汚い。触るんじゃない、虫けら。おまえは臭いんだよ」

城の市が柴崎の顔を蹴《け》った。

柴崎は土間の壁に打ちつけられ、惨めさにうめいた。

「人さまにすがることしかできないのかい。小汚い娘がいるじゃないか。あんな娘でも売れれば少しは金になるだろう。女房はただ寝てるだけだろう。客をとらせろ。じっとしてりゃあいいのさ。おまえの女房じゃあ病気持ちの命がけだがな、そういうのが堪《たま》らない物好きがこの世の中にはいるものさ」

城の市は甲高《かんだか》い笑い声をあげた。

息苦しい。

たとえようもない虚《むな》しさと疲労感が柴崎の胸を締めつけた。

悲しみが広がり、柴崎はおのれを蔑《さげす》んだ。おのれを憎悪した。

「許さん」

柴崎は呟《つぶや》いた。

「なに？　わかったのか。娘を売った金は真っ先にあたしにかえすんだよ」

「ゆるさんっ」

柴崎は叫んだ。

身体を起こし、板敷に駆けあがりざま抜刀し城の市の胴を斬り抜いた。

ひいいい。

城の市が悲鳴をあげた。

だがそのすぐあとで、はあ、はあ、と身体をゆすって笑い始めた。

刀は竹光だった。
はあ、はあ、はあ……
城の市は腹を抱え、身体を捩《よじ》って笑い続けた。
柴崎は竹光を捨て城の市につかみかかり、二人は激しくもみ合った。
「泥棒だ、どろぼうっ」
城の市が声を張りあげた。
二人は台所の土間に転げ落ち、水瓶《みずがめ》を倒し、鍋釜《なべかま》や碗が散乱した。
柴崎は台所の庖丁をつかんだ。
隙を見つけて逃げる城の市の背中に斬りつけた。
あいたたた……
城の市は喚《わめ》きながらよろよろと逃げる。
表の格子戸を押し倒して横町に転がり出た。
「ひと、人殺しいぃ」
柴崎は奥に走った。
押し入れに隠している金箱を引きずり出し、中の小判や銀貨を懐へ夢中でねじこんだ。

柴崎は懐を押さえて表に走り出た。

横町は騒然としていた。

人だかりがとり囲み、城の市は血だらけでのた打ち廻っていた。

道の先に陽炎が燃えていた。

柴崎は人だかりをかき分け、よろめき走った。

照りつける日差しがどこまでも柴崎を追いかけてきた。

家にたどりつくと、懐の金をぶちまけ叫んだ。

「樹ぃ、こ、これでみなの食い物を買ってきてくれ。急げぇ」

姉と二人の弟は、驚愕《きょうがく》の目を見張ってかえり血のついた父親を見つめていた。

柴崎は小判をにぎり、臥せっている妻の傍らにかがみこんだ。

「これで薬料は払える。もう大丈夫だ。病気はこれで治せるぞぉ」

妻は空ろな目で夫を見あげ、はらはらと泣いた。

捕り方がきたのは四半刻後だった。

樹が上野町で団子と母の薬を買い求めて摩利支天横町に駆け戻ってきたとき、縛《いまし》められた父親が捕り方に引きたてられていくところだった。

樹は団子の包みと母の薬を道に落とした。

震えながら父親のあとを追い、叫んだ。

「父上ぇ、どおして、どおしてなの」

走りながら泣いた。

ふりかえりかけた父親の肩を役人が乱暴に押し、父親はよろめいた。

「侍なんて、大嫌い。大嫌い、だいき……」

樹はうずくまり、声をふり絞った。

弟たちが樹にすがりついた。樹は弟たちを抱き締めた。

組屋敷の大人たちは泣き濡れた三人の姉弟を黙って見おろしていた。

「樹、団子だ。これは母上の薬だろう」

松本卓が、団子の包みと母親の薬を拾ってわたしてくれた。


柴崎沖節は小《こ》伝《でん》馬《ま》町《ちょう》牢《ろう》屋敷の揚屋《あがりや》に収監された。

城の市は重傷だったが、命はとり留めた。

評定所の裁きがくだされる前に、柴崎沖節の妻は自害して果てた。

松本卓だけがきて、樹と二人の弟の四人で通夜をした。

夜明け前、松本卓が荷車をどこかから借りてきた。

棺桶《かんおけ》を用意する金など、あるはずがなかった。

母親の亡骸《なきがら》を浅草山谷《さんや》堀浄閑寺《ぼりじようかんじ》へ運び、墓地の隅に埋葬させてもらった。

浅草浄閑寺は新吉原遊女らの投げこみ寺である。

御徒町の檀那《だんな》寺は、罪人の妻ということで埋葬が許されなかったからだ。

姉弟がひとつずつ石を積んだ。

評定所の裁断が下ったのは、夏がすぎた秋七月の下旬だった。

小普請組柴崎沖節は、下谷くらやみ横町座頭・城の市を襲い傷を負わせたうえ、金を強奪した罪により斬首。柴崎家は改易《かいえき》。柴崎沖節最寄りの者は江戸払いを申しつけられた。

即日、柴崎沖節は唐丸籠《とうまるかご》で小塚原刑場に運ばれ、首を刎《は》ねられた。

翌未明、検使役人が摩利支天横町にきた。


「横町の者はみな、戸の隙間から見ておりました」

そう言って松本卓は溜息《ためいき》をもらした。

破れ襖の奥から、遠慮がちな咳払いがまた聞こえた。

夜の巷《ちまた》に、犬の長吠えが木霊《こだま》した。

「樹が十三歳、英寿《えいじゅ》が十歳、下の未知丸《みちまる》が六歳でしたな。英寿と未知丸はめそめそしていましたが、樹はまっすぐ顔をあげて去っていった。会津若松の知人を頼る、確かそんなことを樹は言っておったと記憶しております。あんな遠い国まで、子供らだけでいきつけたかどうかもわからない。けどわれわれは、子供らに声さえかけてやらなかった。さぞかし、心細かったことでしょうなあ。しかしみな、かかわりになるのをはばかった。じつは、わたしもそうだった。今思うても胸がつまります。悔やまれます。武士は相身互い、別の手があったはずだ。わたしらは仲間の子供らを見捨てたんです」

松本卓は、その光景を反芻《はんすう》するかのようにうな垂れた。

「上野町の搗《つ》き米屋に奉公している清兵衛《せいべえ》という男がおります。その清兵衛が連れていかれる樹らを追いかけて、達者でなと金をわたしていました。役人は見て見ぬふりをしていましたよ。そうですよね。あのときわたしも追いかけて、一文でも二文でもわたしてやるべきだった」

松本は膝に痩せた皺《しわ》だらけの両手をおいた。

晋作は言った。

「松本さん、銀狼が界隈のある家に金をまいた噂は本当ですか。噂の出どころは組屋敷のみなさんだと聞いている。銀狼の正体は柴崎沖節の子供らで、昔、柴崎一家に情けをかけた者に恩をかえしているという噂です」

　松本は薄い笑みを晋作に向けた。

「銀狼を、いや十年前、わたしらが見捨てた柴崎の子供らを見かけて言ってるのか、事実はわたしにはわかりません。上野町の搗き米屋の清兵衛、味噌醤油屋の熊太郎《くまたろう》、それから同朋町の質屋の手代の梅吉。この者らの家に金が投げこまれた噂は聞いてます。三人は昔、柴崎一家に同情して米や味噌を見世の主人に隠れて多く入れてやったり、質草にもならない襤褸《ぼろ》の着物を受けてやったりして助けた奉公人らです」

　薄暗い土間の担桶で金魚の小さくはねる音がした。

「柴崎の姉弟が昔の恩を忘れず三人に恩がえしをしたのが事実だったとしても、それを銀狼と結びつけるのはもっともらしく憶測をふくらませた噂にすぎんでしょう」

「松本さん、われらは銀狼の正体が柴崎沖節の子供らかもしれぬ噂の真否《しんぴ》を確かめにきたのです。金が投げこまれたことを咎《とが》めるつもりはありません」

　松本は土間の担桶をぼんやり眺めた。

「貧乏人はだめですな。人の思惑《おもわく》ばかりを気にして暮らすのが身についてしまっておる。食うことに汲々《きゆうきゆう》とし、他人の幸運を見て妬《ねた》み、陰で嘘を並べて人を傷つけ一片の躊躇《ためら》いもない。そのくせ、おのれに幸運が舞いこめば騙《だま》されているのではないかとびくびくし、勝手に右往左往している」

と、白い物のまじった乱れた髷《まげ》を、骨張った指先でかいた。

「……二月でした。銀狼のことなどまったく知らなかったころです。夜遅く、月明かりを頼りに井戸端で養殖金魚の桶を洗っておりました。そしたら足元で物音がしたんです。何気なく見たらそれが落ちていた。あたりを見廻したが、誰もいない。ただ表の木戸が少し動いたように思えました」

「金が、おいてあったんですね」

松本はおのれを納得させるかのように頷《うなず》いた。

「額は許してください。急いで横町に出ると、中御徒町へいく夜道に人影が小さく見え、すぐ消えた。影は女か男かもわからなかった。なのに、そのときなぜか、樹の面影を思い出したんです。あの夜明け前、検使の役人にともなわれて摩利支天横町をまっすぐ前を見て去っていった樹の姿です。消息も知らず、名前も顔も思い出さなかったのに、なぜか不意に……」

三

柳橋から浅草御門にかけて神田川南岸の下柳原に、船宿が軒を連ねている。

神田川には日除け舟や猪牙舟《ちょき》がいく艘《そう》も舫《もや》い、初夏の川風が吹いていた。

その神田川を背に〈恵比寿家〉と記した軒行燈を吊《つ》るした腰高障子が、表通りに面して両開きに開いていた。

石塚与志郎は、太った大きな身体を恵比寿家の見世土間にすべりこませた。

手先の出っ歯の平助が折れ曲がりの土間から畳敷きに声をかけた。

「もおし、ごめんよ。誰か、いるかい」

畳敷きでは手代ふうの年配の男が二人、角火鉢の側で昼間から酒を酌《く》み交わしていた。

もちろんこの季節、火鉢に火は入っていない。

正面に二階へ通じる黒光りした階段があり、階段の後ろの内証《ないしょう》の暖簾《のれん》をわけて、女将《おかみ》らしき女がいそいそと出てきた。

「これはこれはお役人さま、お役目ご苦労さまでございます」

女将は畳敷きの縁に手をつき、皺を厚化粧に隠した顔をにっとゆるませた。

石塚は太く大きな腰を畳敷きに落として、床をゆらした。

「女将さんだね。ご亭主はいるかね。おれは北町の石塚ってえもんだ」

「生憎《あいにく》とうちのは、ただ今ちょいと出かけております。うちのに何か、お調べでございますか」

「留守なら仕方がねえ。女将でもかまわねえんだ。ちょいと訊かせてくれ」

「へえ、どのようなお調べで、ござんしょ？」

石塚は手拭で月代から額の汗をぬぐった。

「誰か、お役人さまにお茶をお出ししないか。まったく気が利かないねえ」

女将は土間の奥にふりかえり、石塚に戻して愛想笑いを作った。

石塚は小銀杏《こいちょう》に結った刷毛先《はけさき》を指先で整えつつ、ぼそぼそと言った。

「花守ってえ芸者は知ってるな」

「知ってるも何も、第六天門前の宝井さんの花守は今、柳橋界隈では評判の芸者ですから。去年の冬に宝井さんからお座敷に揚がり始めたばかりなのに、器量はいいし、芸はできるしで、ご贔屓《ひいき》さんがたくさんついて、引っ張り凧でございますね」

「贔屓の中に花守の男はいるのかい」

「さて、うちのお客さんの中にはいらっしゃいませんねえ。噂では、二十歳《はたち》をすぎた年増《としま》になって親のためにおのれから年季奉公を望んで芸者になった孝行娘だとかで、身持ちは堅いと評判です」

「国は会津若松だってな」

「へえ……あの、花守がどうかいたしましたか」

いいんだ――

石塚は顔を表の腰高障子の方に向けた。

見世の前を人が足しげく往来している。

「恵比寿家には花守を贔屓にしてる絵師がちょくちょく、くるそうだな」

「北庵先生のことでございましたら、評判の花守を画《か》きたいと仰《おつしや》って、春先からよくお見えでございます。お見えのたびに花守をお揚げなすって、花守にいろんな様子をさせてお画きになっていらっしゃるとか……」

「舟で連れ出したりもするのかい」

「ときどき……夜の川を背景に、花守を画きたいと仰いまして」

「随分遅くまで連れ出すことも、あるそうだな」

「宝井さんはご承知と、うかがっておりますが」

「確かに、宝井の主人も北庵が相当払いのいい客だとは言ってた」

「そりゃあもう、うちでも上得意のお客さまでございますもの」

「北庵の家はどこか、知ってるかい」

「相すみません。新和泉町《しんいずみちょう》の玄冶店《げんやだな》じゃないかとはうかがっておりますが、真偽のほどはわかりません。こういうところですから、あまりお話になりたがらないお客さまもいらっしゃいますので」

「そうか。そっちは調べればわかるだろう。ところで今月の頭《あたま》、花守がこちらの座敷に揚がったと宝井の主人から聞いたんだが、客は絵師の北庵だったと。覚えてるかい」

「北庵先生は、今月はまだ一度しかお見えになりません。お見えになったのは確か、この月の頭だったと思います」

「その夜遅く、花守を乗せた恵比寿家の日除け舟が和泉橋のあたりで役人に呼びとめられ、いき先を訊かれた。客の侍を牛込まで送って恵比寿家に帰る途中だと花守はこたえた。しかしその夜の客は北庵だったはずだな」

「はいはい。北庵先生はお弟子さんのほかに、しばしば絵師仲間のお客さまを連れてお見えになります。大店ふうの旦那《だんな》の場合もあれば、お侍さまとご一緒の折りもございます。あの日は、そう、お侍さまがご一緒でした。みなさんで花守を画いて、そのあと、花守がお侍さまを舟でお送りしたのでございます」

「なるほど。見送る途中、舟の中でしっぽりかい」

「さあ、それは……」

「侍の名前や屋敷は、わからねえんだろうな」

「さるお大名の用人《ようにん》をお務めとうかがっておりますが、無紋の羽織に頭巾《ずきん》をおつけになった寛《くつろ》いだ形《なり》でお見えでしたので、お名前やお屋敷までは……」

石塚はその朝の評議で、吟味方与力の鼓晋作が、元岡っ引き・伝助、座頭・守の市、小普請組御家人・松本卓と、昨日、訊きこみをした内容を、るる、報告している中で、柳橋の芸者・花守の名が出て驚いた。

今月頭、石塚は一ツ橋御門外の板倉家上屋敷が銀狼に襲われた夜、神田川筋を見廻っていた九ツになろうかという刻限、和泉橋のあたりで日除け舟を呼びとめた。

下柳原の船宿・恵比寿家の持ち舟だった。

八助とかいう船頭と、日覆《ひおおい》の中に魂消《たまげ》るほど綺麗な芸者がひとり芸者は花守と名乗った。

そのときは怪しいとは思わず、いかせてしまった。

石塚は、花守が、十年前、下谷くらやみ横町の座頭・城の市を襲い斬罪になった柴崎沖節という御家人の娘であり、柴崎の残された子供らが銀狼の一味かもしれないという噂がささやかれていると知り、もっと驚いた。

花守にじっと見られて背中がぞくぞくしたあの夜の記憶が甦《よみがえ》った。

午後、石塚は柳橋の女衒《ぜげん》・唐松屋《からまつや》を訪ね、花守が会津若松の禅勝寺の寺男・和助の娘・花であることを確かめた。

去年の秋、父親の和助が花をともなって現れ、娘の年季奉公の判人《はんにん》を頼まれたのだと唐松屋は言った。

「人別も間違いありませんので、宝井さんに仲介してわたくしも立ち合い、年季奉公の証文を作りました。親元が和助、請人が第六天門前の置屋・宝井さんのご主人。家主さんの印も間違いございません」

唐松屋から置屋・宝井に廻った。

「芸は旅芸人の母親に子供のころから仕こまれ、お国育ちとも思えぬ腕前で、二十歳をすぎておりましたが器量もよく、たちまち贔屓がついて……」

と宝井の主人は石塚に言った。

そしてあの夜の花守は、恵比寿家さんで馴染《なじ》みの絵師・北庵先生の座敷に揚がっておりましたと聞き、石塚は恵比寿家にきたのだった。

「わかった。仕方ねえ。そんなところだ」

石塚は立ち上がった。

女将の説明に食い違いはないが、石塚の腹にすとんと収まらなかった。

「おかまいもできませんで」

女将は畳に手をついた。

石塚はいきかけて、肩越しに訊《たず》ねた。

「そうだ、船頭の八助はいるかい」

「はちすけ？　ああ、八助、はいはい、あれは怠《なま》け者で困っております。かき入れどきでも平気で休みますし、今日もまだきておりませんようで……」

ふうん――

石塚は女将の少し慌てた様子を訝しげに見つめた。

女将は石塚から顔を背けた。

怪しいと思えばあの夜の花守も船頭の八助も怪しかったと、石塚は思った。

四

その夕刻、晋作は上役の柚木常朝に内座之間《うちざのま》に呼ばれていた。

床の間の前に柚木は鈍茶《にびちゃ》の継裃《つぎかみしも》の背を伸ばし、次之間の襖を開けた晋作へにこやかな笑みを向けた。

晋作は、縁廊下を仕きる腰障子を背に着座し、柚木に一礼した。

中庭に差す西日が障子を黄色く染め、公事溜《くじだまり》の人も減って奉行所内はだいぶ静かになっている。

「探索の見とおしはどうだ」

柚木がにこやかな表情のまま訊いた。

「お奉行が気にしておられてな」

午後、奉行榊原主計頭の下城後、奉行と柚木の前で晋作は銀狼探索の昨夜までの進み具合を伝えていた。

その後、奉行と柚木は用部屋でしばらく用談していた。

晋作が柚木に呼ばれる前、奉行は滝の口の評定所に出かけた。

むやみに気にしたところで事態が変わるわけではない。

だが、気短な奉行は柚木に繰りかえし訊ねずにはいられないのだろう。

癇癪《かんしゃく》持ちの奉行の不機嫌顔が目に浮かんだ。

「次の押しこみが起こる前に捕らえたいと、気は逸《はや》っているのですが」

晋作は柚木の立場を推《お》し測ってこたえた。

「次が起こるとすれば、札差かな。札差の中には、用心棒を雇い入れた者もおると聞いた」

「銀狼は、数カ月、長くて半年、江戸市中を荒らしまわるでしょう。それからほとぼりが冷めるまで、忽然《こつぜん》と江戸から姿を消すと思われます。十年前まで神出鬼没の進退で武家屋敷を襲っていた白狐の一味がそうでした」

「白狐一味はわたしも覚えている。確かに銀狼とは手口が似ている」

「おそらく銀狼も、遠からず区ぎりをつけると思います。一味が江戸から消えてしまえば、残念ながら打つ手がありません」

「ふむ。そうか。ところで先ほどの報告によれば……」

と、柚木は考えこむような表情になった。

「もしも、十年前、斬罪になった柴崎の子供らが銀狼の正体との摩利支天横町の組屋敷で流れた憶測が事実だとして、殺された城の市が言ったとおり花守が柴崎の姉娘だったとすれば、花守は銀狼の一味かもしれぬわけだな」

「今はまだすべてが噂です。柴崎の子供らと銀狼を結ぶ線は推測すらできません。摩利支天横町の組屋敷の者らは、柴崎の子供らの消息さえ知らずにそんな憶測を流したのです。花守が柴崎の姉娘というのも、城の市以外、そうだと言う者はおりません」

「ただ、噂、憶測ではあっても調べてみる必要はあるだろう」

「はい。探索の脈所《みやくどころ》は見えてきました。それらの憶測や噂を裏づける確かな証拠や証言を必ず見つけます」

「お奉行が申されるのだ。花守を奉行所に呼んで、締めあげればよいではないかと……」

えっ？

晋作は戸惑った。

「それは賛成しかねます」

「お奉行はあのとおり、気の短いお方だ。探索の実情を考慮なさらず、南町の岩瀬さまに遅れをとりたくないと、そればかり気にしておられた」

「花守はわずか半年で多くの贔屓をつかみ、柳橋では評判の芸者です。それほど評判の芸者を、確かな証拠もないのに締めあげ、もし間違いともなれば北町は江戸市中の笑い者になりかねません。瓦版《かわらばん》は北町の落ち度を書きたてるでしょうし、お奉行の体面にもかかわるかと」

柚木はむずかしい顔をゆるめて、ふ、と小さく吹き出した。

「あのお奉行なら、癇癪玉を破裂させるだろうな」

「ぐずぐずしてはおれませんが、拙速は事を仕損ずる元です。今少し、地道な探索を続けるときが必要なのです」

「わかった。わたしも花守を締めあげるのは賛成ではない。経験から言っても手荒な手段をとるのは慎重すぎるくらいがよい。いいだろう。銀狼の始末はご老中よりの強いご要請だ。お奉行にはわたしから話しておく。鼓、おぬしの思う方針でやれ」

柚木は晋作に穏やかな能吏《のうり》の顔を向けた。

七ツがすぎ、晋作は奉行所を出た。

供の相田翔兵衛と槍《やり》持ちの中間《ちゅうげん》が従っている。

町方与力としての身分役向きの体裁は整えなければならない。

呉服橋《ごふくばし》を渡り、濠端を南にとった。

元大工町《もとだいくちょう》を西に折れて日本橋の大通りをすぎ、新場橋を渡って八丁堀、というのが普段のいき帰りにたどる道順である。

濠の水面《みなも》に曲輪《くるわ》の石垣と長く伸びた白塀、見越しの松並木にまだ明るい夏の空が映っていた。

そろそろ見世じまいの商家の手代や職人らが、濠端をいき交っている。

時間がすぎていく。

晋作の頭の中で、三つの姿が影絵を作って重なっていた。

城の市が言ったとおり、花守は柴崎沖節の娘・樹なのか。

組屋敷の御家人たちが憶測したように、柴崎の子供らが銀狼なのか。

だが影絵に顔はない。

松本卓なら、見ればわかるかもしれない。

あるいは銀狼に金を投げこまれた噂のある町民ならば。

誰がその三つの影絵を操り、何が影絵をつないでいる。

会津若松——

柴崎の姉娘・樹と花守をつなぐ唯一の手がかりは、花守の故郷、会津若松だ。
柴崎姉弟は江戸払いになって会津若松の知人を頼ると言っていたという。
どういう知人か、誰も知らない。
なぜ誰も知らない。どんな知人なのだ。
もしかして、白狐と会津若松に何かつながりがあるのでは？
会津若松までは五日六日……子供の足ではもっとかかる。
途中に越えなければならない深い山もある。
子供だけでは危険すぎるし、本当にいきつけたかどうかもわからない。
柴崎姉弟は十年前、どこかの山谷で野垂れ死んだ。
事実はそれだけのことかもしれぬ。
だが、会津若松の花守の故郷を調べてみる必要はある。
「はい。なんでございますか」
後ろから相田が声をかけた。
晋作はふり向き、相田に笑みをかえした。
「独り言だ。気にするな」
晋作は前を向いた。

濠の鯉がぽちゃりと跳ね、翡翠《かわせみ》が濠の水面を飛翔した。

「独り言でございましたか。旦那さまも大旦那さまに似てこられましたな」

「そうか？　親父どのは独り言が多いのか」

「多ございました。わたくしが、何か、とお聞きいたしますと、今の旦那さまのように、独り言だ気にするなと、その仰られ方も似ておりますよ」

晋作は南の暮れ泥《なず》む夕空を見て破顔した。

「相田は芸者遊びをしたことがあるか」

「芸者でございますか。遊びとは申せませんが大旦那さまのお供をいたし、若いころ何度か、茶屋に芸者を揚げて……」

「へえ、親父どのとなあ。それは知らなかった」

「ご存じではございませんでしたか。大旦那さまは、お堅いように見えますが、若いころは結構お盛んでございましたよ。日本橋、柳橋、ですがどちらかというと、大旦那さまは辰巳《たつみ》の方角がお好みのようでございました」

晋作は、からからと笑った。

「あのう、この件は大奥さまにはご内密に、お願いいたします」

「言わぬ言わぬ」

「ついでに申しますと、大旦那さまは三絃もお得意でございます。三絃を粋《いき》に鳴らしながら、長唄をひと節二節と、芸者もうっとりさせるいい喉《のど》をお聞かせいただきました」

ほうほう、と晋作はまた相田にふり向いた。

「わたしは酒宴の座敷に招かれて芸者の接待を受けたとき以外、芸者遊びはしたことがない」

「そういう粋な遊びが楽しくて仕方がない、若いころのことでございます」

「相田、今宵、柳橋へいくぞ。いきたい船宿がある。揚げたい芸者もおる。供をせよ」

「柳橋でございまするな。喜んで、お供つかまつります」

屋敷に戻ると晋作は高江に「出かける」と告げた。

継裃を麻裏紬《あさうらつむぎ》の銀鼠《ぎんねず》に着流し、一本独鈷《どっこ》の博多《はかた》帯《おび》に二本を落とし差した。

玄関式台の外で相田は袴姿に菅笠をかぶって控えていた。

晋作は深編笠である。

鱗太郎を抱いた高江が中の口から見送った。

冠木門《かぶきもん》を出たところで、苑の手を引いてどこかから戻ってきた父の又右衛門といき合った。

晋作は又右衛門に頭をさげ、苑を抱きあげた。

「出かけるのか」

又右衛門が聞いた。

「はあ。三絃の音色に粋を添えて、ひと夜の夢を確かめに参ろうかと」

「たまにはよかろう。堅いばかりでは、人の世の有象無象《うぞうむぞう》、人の心の綾《あや》は解きほぐせぬものだ。しっかり修養をして参れ」

「しゅうようをしてまいれ」

晋作の腕の中で苑が又右衛門の口を真似た。

又右衛門が苑の頭をなでて笑った。

第四章　柳橋情話

一

第六天門前町に町芸者の置屋・宝井をかまえる主人・井左衛門は、去年秋の末、女衒《ぜげん》の唐松屋の仲介により、三年年季の丸抱えにした花守の評判と稼ぎに満足していた。

唐松屋から話がきたときは、会津の田舎《いなか》育ちに年も早や二十二歳の年増《としま》。旅芸人だった母親に芸を幼いころから仕こまれ、器量も申し分なしとの触れこみではあっても、この話はどうも……と井左衛門は断わった。

柳橋の芸者は、日本橋や神田、蔵前の目の肥えた客の座敷が多い。

土臭い田舎娘が務まるほど、天下の江戸は甘くはない。

それでも、会津の寺男の父親が金に困っていくらでもいいと言っていたのと、

ものは試し、娘を呼んで芸を確かめてからでも損はありますまいと、珍しく唐松屋が熱心に薦《すす》めるので、

「金が必要なら、いっそ妾奉公《めかけ》が似合いなのでは？」

などと気の進まぬままに、唐松屋にともなわれ宝井に現れた花守を見て、井左衛門は内心、度肝《どぎも》を抜かれていた。

すらりと背が高く、白磁の肌は光沢を放って婀娜《あだ》めいて、愁《うれ》いを湛《たた》えた眼差しと童女と女の間をゆれ動く魔性を思わせる澄ました鼻筋から、厚めの唇につながるいく分面長《おもなが》な顔が、井左衛門にしっとりとした媚《こび》を売ってきたからだ。

島田の黒髪に簪《かんざし》と笄《こうがい》、うなじにおくれ髪がひと筋二筋、江戸小紋の小袖《こそで》に帯を結び下げ、素足はさながら花びらをまきつつ歩むかのようであった。

舞に三絃《さんげん》、唄に太鼓《たいこ》、ひととおり遊芸を披露し終え、畳に手をついた仕種《しぐさ》も胸をざわめかす艶《つや》やかさである。

「なかなか仕こみがよろしいようで。それでは証文を交わすことにいたしましょう。初めは看板の半仕こみでお座敷を務めていただきましょうかな」

と平静を装って言ったものの、井左衛門の声は震えていた。

花守が初めて座敷を務めたのは、去年の冬の初めであった。

芸者は仕こみ、一本仕こみ、半仕こみ、箱屋仕こみなどを経て、分け、七三、逆七《ぎやくしち》、看板、自前など一人前の玉《ぎよく》になっていく。

半仕こみは、年ごろの者が玉の芸者のおともで座敷を務め、座敷馴れ、客扱いを仕こまれる。芸はできるが、まだ一人前の玉ではない。

だが、花守が半仕こみを務めてすぐに看板や自前の芸者から、贔屓《ひいき》のお客をとられるので花守は困るという苦情が出た。

実際、花守の評判は客の間にすぐに広まり、次々と呼び出しがかかり始めたから、井左衛門の笑いはとまらなかった。

贔屓の客が増え、ひと月もたたぬうちに、花守の名で半玉前の仕こみや箱屋を従え座敷に揚がる玉を務めるほどになった。

芸者の稼ぎは、玉代と祝儀、それに寸法《すんぽう》と呼ぶ売色の代金からなっている。

その稼ぎの中から、料理屋待合、検番への支払いをするが、花守は三年年季の丸抱えの子供だから、その間は宝井がすべてをとり、慣わしとして稼ぎ高の一割ばかりを小遣《こづか》いにわたすだけである。

二カ月三カ月がすぎ、井左衛門は、こいつはとんだ掘り出し物だったと胸算用しつつ、そうなると、次には花守の稼ぎの中に寸法の代金が含まれないのが不満になってきた。

花守が寸法の客を袖《そで》にしていたからである。

二十二歳の年増、今が寸法の稼ぎごろである。

「おまえさん、どうなっているんだい」

と井左衛門の女房も陰でせっついた。

むろん、天下の江戸柳橋の芸者となると、金さえ払えば誰でもという具合にはいかない。そんじょそこらの町芸者とは違うのだ。

ましてや、花守ほどの評判になれば、当然、安くは売れないし、客にもそれなりの格を求めるのはわかる。

だがそれは建前であって、売色は芸者の務め。客の格は所詮《しょせん》、金が決めるのが芸者の裏の慣わしでもある。

それでも寸法の客を袖にする花守に、待合や茶屋の女将連中からも、

「ちょいとお高くおとまりでねえか」

と陰口を言われ出し、井左衛門も早くいい馴染《なじ》みができてくれればと、気をもむうちに年が明けた二月、花守にようやく馴染みの上客がついた。

客は日本橋玄冶店　橘稲荷《たちばないなり》前に一軒家をかまえているとの噂《うわさ》の《北庵》という

絵師であった。

北庵は、今、柳橋で評判の花守を是非とも画《か》き、錦絵にして売り出したいと、破格のご祝儀もありがたく、下柳原の船宿・恵比寿家の座敷に花守を揚げた。五ツの呼び出しから四ツになおして明けまでひときり、北庵は花守の最初の寸法の客になったのである。

そして二月の中旬のその後も、三月四月、月に二度かせいぜい三度、閏《うるう》四月は頭に一度、恵比寿家に現れ、花守を揚げたのだった。

恵比寿家に聞くところによれば、北庵は弟子とともに酒宴の遊興に花守の遊芸を画き、四ツには仕こみを帰し、花守を夜の川舟に誘って風流を惜《お》しむかのようにしっぽりと遊ぶのだそうだ。

絵師とはまあなんと物好きな、と井左衛門は思う。

井左衛門は北庵がどれほどの絵師なのか、素性を詮索する気は毛頭なかった。

もっと上客と馴染みになってもらいたいものだと、欲にきりはない。

けれど、会津の田舎から出てきたばかりの玉にしては、北庵のような気前のいい馴染みをつかんだだけでも上出来ではないかと、井左衛門は北嫂笑《ほくそえ》むのであった。

その宵、花守に恵比寿家の座敷から呼び出しがかかった。

絵師・北庵ではなく、侍だと言う。

「お父っつぁん、おっ母さん、いって参ります」

と仕こみ、箱屋をともなって出かける花守を送り出した井左衛門は、

「今月の北庵先生はまだ一度きりだ。名前を聞かない絵師だが、あの先生はいったいどのように稼いでいるのかね」

と女房に話しかけた。

と言うのも、その日の昼間、北町の御番所の廻り方が見世にきて、花守を抱えた経緯《いきさつ》と今月頭《あたま》の花守の揚がった座敷を訊《き》かれたからだった。

あの日は絵師・北庵先生の恵比寿家さんのお座敷で……

とこたえると、北庵の素性をあれこれ訊かれ、新和泉町の一軒家に弟子と一緒に住んでいるらしいとしか知らないことが、井左衛門は少し気になった。


花守は、神田川をわたる柳橋の半ばで足をとめた。

夏の初めの宵空が川面《かわも》を染めていた。

縦褄《たてつま》をとる一方の手で擬宝珠《ぎぼし》に触れ、宵空に染まった水面《みなも》を見おろした。

柳橋の西の両川岸に船宿の川舟が舫《もや》い、川の流れは柳橋の東方、大川へそそいでいく。

通り合わせの人々が橋板を踏み鳴らし、挨拶《あいさつ》を交わす賑《にぎ》わいにどこからか管弦の音色がまじり、宵闇に歓楽の意匠《いしょう》をめぐらしている。

流れを見おろした花守は、主人・井左衛門の言葉がわだかまっていた。

夕刻、井左衛門は絵師・北庵の住まいや仕事、生国《しょうごく》や暮らし向きのことをあれこれ訊いた。

「わたくしも詳しくうかがってはおりませんが、国は安房《あわ》とか」

花守はさりげなさを装った。

「禅寺の倅《せがれ》で暮らしに不自由はなかったけれど、仏門に入るのがいやで国の師匠について仏師の修行をつんでいたのが、仏師に飽き足らず師匠のもとを飛び出し、旅の絵師となって諸国を廻《めぐ》り、今は江戸の仮住まい……」

井左衛門は、旅の絵師がそれほど懐が暖かいものなのかと、珍しく物思わしげであった。

この月の頭、北庵の座敷に揚がった夜、戻りの舟が和泉橋あたりで役人に呼びとめられた折りの事情も訊かれ、ああ、あの夜はと、これも別段不審はなかったけれど、少しずつ廻りに忍び寄るあやうさを覚えていた。

江戸を離れるときが、近づいているのかもしれなかった。

父母の十度目の命日までは、と思っていたが……

花守は素足に黒塗りの吾妻下駄《あづまげた》を再び鳴らした。

橋を渡って町屋を抜ければ両国広小路の賑わい。

茶屋や船宿の行燈提灯《あんどんちょうちん》にお座敷に呼び出された芸者らの姿が、いき交う人の目を誘っている。

花守は下柳原同朋町の船宿・恵比寿家の長暖簾《ながのれん》をくぐった。

折れ曲がりの土間をあがった畳敷きで、吉原や深川の岡場所に繰り出そうかという客が一杯やって舟待ちをしている。

客たちの目が花守にそそがれ、おお、とどよめきと溜息《ためいき》がもれた。

内証《ないしょう》から出てきた女将のお駒が、警戒を解かぬ目で見つめ、

「おいでなさんせい。お客さまは……」

と言い、花守はいつもの笑みをかえす。

だがその夜、仲居のあとを二階の階段を踏み座敷に案内されていくとき、花守はなぜか胸騒ぎを覚えた。

夕刻の井左衛門の言葉が頭から去らぬせいか。

いや、それとは違う、かすかに物狂おしげな気配の醸《かも》す胸騒ぎがした。

「お侍さまですよ。様子のよろしい。お供の方と……」

顔馴染みの仲居が花守に笑いかけた。

八畳間の一方に侍、そのわきに供の侍が静かに座っていた。

花守と仕こみは客と向き合った襖《ふすま》を背に、青畳に手をついた。

「花守と申します。これなるは小豆《こまめ》でございます。今宵はわたくしどもにお声をおかけいただき、お礼を申しあげます。未熟ではございますが、お客さまのお心にかない、お楽しみいただけますよう、務めさせていただきます。どうか、ごゆるりとおすごしくださいませ」

「小豆と申します。今宵は……」

十歳をすぎたばかりの仕こみが口上を述べ終えると、侍が言った。

「花守だな。評判を聞いていた」

物静かな、しかし若く凛《りん》とした声だった。

花守は、ふと、見あげてしまっていた。

行燈が侍の白皙《はくせき》に浮いた笑みと、銀鼠《ぎんねず》の着物を照らしていた。

障子を両開きにした櫺子格子《れんじこうし》の窓から、宵の川風がそよいでいた。

「やっと、願いがかなった」

侍が続け、年配の供侍が、穏やかな表情で頷《うなず》いた。

「まずは、こちらへ。旦那《だんな》さまに酌《しゃく》を頼む」

眼差しが合い、侍の笑みから白い歯がこぼれた。

言われるまま、畳に素足をすべらせながら、花守は何かしら怖いと感じている
おのれに戸惑いを覚えた。

二

花も雪も　払へば清き袂《たもと》かな
ほんに昔の昔の事よ……
辛《つら》き命は惜しからねども　恋しき人は罪深く
思はぬ事の悲しさに
……捨てた憂《う》き世の山かづら

晋作は、花守の鳴らす三絃と歌に聞き惚《ほ》れながら、その名のとおり、花が盛りとなって咲いたと思った。

仕種や白い手が、不思議な気持ちを晋作の胸に兆《きざ》した。

晋作と相田は、三曲を続けて唄い終えた花守に手を拍《う》った。

「それは、雪、という端歌《はうた》でありましたな。懐かしい」

「こなたさまは、昔の端歌をよくお知りでございます」

「わたしも、昔の人間で、ござるでな」

相田は気持ちよさそうに笑った。

三味線《しゃみせん》をおいて、花守がまた晋作の傍らにきた。

つがれるままに盃を傾けた。

「初めて聞いたが、どれも心に染みる」

「昔、市井《しせい》の裏路地や辻々で歌い継がれた流行《はや》り唄でございますが、人の心は侍も町民もみな同じ。年月を経ても、廃《すた》れはいたしません」

赤い口紅に、光の雫《しずく》が浮いていた。

「おまえは市井の裏路地で、育ったのか」

「会津の田舎育ちでございます。地歌のいわれも歌も、旅芸人をいたしておりました母から習いました」

「母親は旅芸人をしておったのか」

「そなた、会津育ちとは思えぬ。江戸の寺男と理無《わりな》い仲になり……」

「江戸の匂いとは、どのような？」

「そうだな」

　と晋作はしばし考えた。

「たとえば、横町のずっと向こうの通りから、繁華な町のさんざめきがかすかに聞こえる裏路地に、朽ちかけた井戸があるとしよう。井戸端に誰が植えたのでもないのに、ある夏、朝顔が花開いた。毎朝、家の手伝いで井戸の水を汲《く》む幼き童女が露《つゆ》に濡れたそれを見つけ、童女は嬉《うれ》しくなった。朝顔はほのかに匂い、童女の心を癒《いや》した。裏路地の童女の心を癒すその朝顔のような匂いだ」

「朝顔の匂いに癒された童女は、どうなるのでござんしょう」

　花守は微笑《ほほえ》んで晋作の盃に酒をついだ。

「ずっと朝顔を眺めていることはできない。童女は水を汲んで家に戻らなければならない。家の者が待っている」

「童女は、幸せな暮らしを送っているので、ござんしょうか」

「どうかな。たとえば、幼い弟が二人いるとしよう。父は傘張りをしてわずかな銭を得ているが、童女の暮らしは貧しい。そのうえ、母は病に冒され、長く臥《ふ》せっていた。童女が幸《さち》であったかどうかは、童女しか知らぬ」

花守の笑みが消えていた。

相田は妙なたとえ話を始めた晋作を訝《いぶか》しんで、持ちあげた盃をとめた。

晋作は花守のきれ長の目の奥に何かが広がっていくのを見つめた。

「それで、その童女は……」

花守の手がかすかに震え、酌をする銚子《ちょうし》と盃がかちかちと触れた。

「貧しくとも童女は、父と母を敬い、弟たちを慈《いつく》しんでいた。だが、不幸なことに父と母は亡くなり、残された童女と弟たちは江戸を追われた。童女は幼い弟たちを連れ、そうだな……」

晋作は戯《たわむ》れを仕かけるかのように、薄っすらと笑みを投げた。

「会津へ身を寄せたとしよう。おまえの育った国の会津だ。だが、江戸の路地裏の井戸端にひっそりと咲いた朝顔の匂いは、童女の心の中から消えることはなかった」

沈黙が、座敷を包んだ。

襦子格子の窓から、どこかの座敷の管弦の響きが聞こえていた。

「たとえ話でも、胸がつまります」

花守は言い、童女のようにはにかんだ。

「戯れだ。おまえもひとつ、どうか」

晋作は花守に銚子を差した。

花守は盃をあげ、晋作のついだ酒をひと息に呑《の》み乾《ほ》した。

「会津とは、どのような国だ」

「深い山が多い国でございます。夏は暑く、冬は寒さが厳しく、けれど、秋には豊かに実ります。人の心は穏やかで、情けに篤《あつ》く、ただみな、田舎育ちの頑固者ばかりでございます」

「そうか。美しい国なのだろうな。目に浮かぶようだ」

「はい。美しい、命を育《はぐく》む国でございます。きっと、会津に身を寄せた童女と弟らは、つつがなく暮らしましたろう」

「江戸は会津と較べて、どうだ」

「江戸は、お侍さまが多ございます。これだけ多いと、お侍さまも暮らしが大変でござんしょうと同情いたします」

「生きるために侍を捨てる者もいる。座頭金に高利の借金をし、身を持ち崩す侍もいる。つい先だっても、城の市という座頭が殺された。借金がもとで争い事になり、恨みをかって殺されたと聞いた」

花守が晋作の盃に酌をした。

「城の市は知っているか。柳橋でよく芸者を揚げて遊んでいたらしいが」

「はい。何度かわたくしも、お座敷に呼んでいただきました」

「城の市は、昔の知り合いだったのか」

「なぜで、ございます?」

晋作は笑みを投げた。

「城の市が柳橋の芸者の花守と昔馴染みと言っていた、という噂を耳にした」

「戯《ざ》れ言《ごと》でござんしょう。わたくしは会津の田舎育ち。江戸に知り合いはござんせん」

晋作は盃をあおった。

「お侍さまは江戸のお生まれで、ございますか」

「江戸育ちの匂いが、するか」

花守は身体を晋作に寄せ、戯れに匂いを嗅《か》ぐ真似《まね》をした。

「お役人さまの匂いがいたします。それも町方のお役人さまの……」

晋作は高く笑った。

「隠すつもりはない。そのとおりだ。吟味方を務めておる」

「まあ、吟味方を。昼間、廻り方のお役人さまがお見えになりました。お客さまがわたくしをお呼び出しになりましたのも、何かまだお訊《たず》ねになることがござんすためで」

「評判の花守と会いたかった。それは本当だ」

「会って、いかがでござんしたか」

「評判以上だ。今宵は花守の遊芸を賞味しに参った。それ以上のことは望んでおらぬ」

相田——

と晋作は仕こみの酌で大人しく酒を呑んでいる相田に目を転じた。

「はあっ」

「おぬしも何かやって見せてくれ。親父どのと遊んで身につけた遊芸が、おぬしならきっとあるはずだ」

「さようですな。大旦那さまに手解《てほど》きを受けた踊りなどをひとつ、やってみましょう。花守どの、江戸節、河東《かとう》をひと節やっていただけますかな」

「はい。お任せを」

相田は懐から手拭《てぬぐい》を出し、手際よく道ゆきかぶりにした。

仕こみの童女の手をとり、

「さあさあ、おまえもこい」

と連れだって座敷の奥に立ち、恋の道ゆきの仕種をとった。

三味線を抱えた花守が左手指で糸を弾き、
はおー
とかけ声をかけ、座敷に江戸気分がさっと流れた。

お駒は階段を足音をたてないようにおり、見世の土間で客の相手をしていた亭主の与衛門に目配せした。

内証に入ると、すぐに与衛門もきた。

「どうだったい」

「別に怪しかないね。花守の三味線で供侍が踊ってた。きっと、花守の評判を聞いて遊びにきたお侍だろう。けどあんた、あたしゃあ心配だよ。廻り方が北庵と花守のことを調べにきたってえことは、やっぱりただ事じゃねえ」

「わかってる。このままやつらの言いなりになってたら、こっちの身があやうくなる。花菱屋の豪造らとも策は練ってるが、なにしろ相手は白狐と呼ばれた男だ。ひと筋縄じゃあいかねえ」

「今度、北庵がきたら、そろそろ身を隠したほうがいいんじゃねえかって、言ってやったらどうだい」

「大人しく会津に戻るとは思えねえが」

「それにしても北庵は、どこで花守とあの兄弟を手懐《てなず》けたんだろう。まるで親子のようでねえか」

「十年前は、あんな餓鬼《がき》はいなかった。手懐けたとすりゃあそれからあとだ」

「あのときちゃんと始末してりゃあ、こんなことにはならなかった」

「今さら言っても始まるめえ。それよりこれからどうするかだ」

「そりゃそうだ。お陰であの綺麗な兄と弟と顔見知りになれたと思えばさ。本当に、うっとりさせられるよ」

「この馬鹿、いい年して色づきやがって」

「かまわないだろう。あたしゃあ、毎日あんたの顔見て暮らしてんだから、たまには目の保養だよ」

「てやんでい。こっちだってなあ、毎日おめえのおかめ面《づら》とほっつき合わせて目が弱っちまったところを、花守のお陰で生きかえったんだ」

「まあ、自分の女房つかまえてなんてこと言うんだ。悔しいね」

と、そこへ見世に客が入ってきて、仲居と下女の声が響いた。

おっと、商売商売……と二人は頷き合って見世に出た。

三

その数日後の夕五ツ前、谷中天王寺《てんのうじ》よりの道を西に数町くだった三崎町の法住寺《ほうじゆうじ》門前は、藁葺《わらぶ》き屋根の町家が軒を並べ幽霊でも出そうなほど暗く、静まりかえっていた。

小僧の影が三人の大人を引き連れるように、門前に縄暖簾のさがった一軒の飯洒処の油障子を開けた。

「こんばんは、爺《じい》ちゃん。金三だよ。爺ちゃん……」

十歳の金三が、見世の奥に元気な声をかけた。

「ほおおい」

間延びした声がかえってきた。

薄暗い小さな見世に客の姿はない。

この界隈《かいわい》で酒場に酒を呑みにくるのは、近在の寺の所化《しょけ》か裏店《うらだな》に隠れ住む怪しげな連中ぐらいだった。

「晋さん、あがりやしょう」

谷川礼介が言った。

晋作が薄畳の表が破れて色褪《いろあ》せた床にあがり、谷川、白輿屋《しらこしや》の万次が続いた。

その夕刻、相田は父・又右衛門の供で出かけ、晋作は珍しく供を従えずに屋敷を出て、谷川、万次、金三と合流した。

やがて白髪頭に髷《まげ》が小さく乗った老人が、のたりのたりと狭い土間に竈《かまど》のある炊事場から現れた。

「おお、金坊、どうしたい」

「爺ちゃん、こちらは先だって話したお役人さまとあっしの親方だよ」

「そうかい。それはそれは、金坊がお世話になっておりやす」

「爺ちゃん、先だってのあの話、もう一度、お役人さまと親方に話してもらいてえんだ」

「先だっての？　なんの話だったたっけ」

「あっしが生まれる前の白狐一味の話さ。奉行所の捕り方がいっぱい集まって、ご町内に潜んでた白狐のねぐらを何重にもとり巻いたと言ってたろう。白狐の親分も知ってるって」

「ああ、あれか。金坊、ありゃあ嘘《うそ》だ。捕り方がきたのは本当だが、十二、三人ばかしで、あとで家主さんから、どうやら白狐の一味を捕らえるお役目らしいと聞いただけだ。そのときの話をちょっとふくらませて、金坊に面白おかしく聞かせてやったんだよ。ははは……」

「ええっ、じゃあ、白狐の親分の話は？」

「そのころ、たまにこの見世に呑みにきた連中がいてな。捕り方が踏みこんだ裏店にその連中が出入りしてたで、連中を白狐に仕たててみたのさ。すまねえな。おれはそれ以上何も知らねえんだ」

　金三が萎《しお》れて黙りこんだ。

「亭主、留吉《とめきち》だったたな」

晋作が言い、留吉が「へい」と頭を下げた。

「これで酒と肴《さかな》を頼む。冷やでいい。それから金三には、何か腹に溜まる物を拵《こしら》えてやってくれ。酒の用意ができたら、捕り方が踏みこんだ店の話と、その店に出入りしていた者らの話を訊かせてくれ」

晋作は銀貨を留吉ににぎらせた。

「あれまあ、こんなによろしいんで……お圭《けい》、お圭、お客さんだで」

金三は御切手同心の組屋敷がある谷中　鶯谷《うぐいすだに》　北方《きたかた》の農家の三男坊で、三崎町の留吉の見世には畑で採れた大根や青菜を届けにきて、幼いころより留吉爺ちゃんとも孫娘のお圭とも顔馴染みだった。

つい先だって、金三は縁者の法事があって谷中の実家に戻った折り、久方ぶりに留吉の見世に顔を出し爺ちゃん相手に四方山《よもやま》話をした。

その中で、金三が生まれる前に町内であった白狐一味の捕り物話を聞いた。

金三はそれを親方の万次に話し、万次から谷川、その夜の夕刻、晋作へと伝わった。

非常取締掛与力・長山年太郎から聞いた白狐一味の谷中三崎町のねぐらに南北町奉行所の捕り方が向かった十年前の始末の一件だとわかった。

「ありゃあ娘が亭主と別れて、よちよち歩きだったお圭の手を引いてうちに転がりこんできて間もないころでごぜいやした」

と留吉は自分も冷酒をちびりちびりとやりながら、語り始めた。

「あの当時、この先の裏店でお麻という女が客をとっていたことは町内では知れたことでごぜいやした。ご府内とは言いやしても、見てのとおりの谷中の寂しい土地柄。家主さんも見て見ぬふりをしておりやしたし、そういう女でやすから近所づき合いもほとんどなく、あっしらもお麻のことはさして気にも留めておりやせんでした。初めは女をひとり雇って二人で客を引いていたのが、てえして儲《もう》からねえもんだで、そのうち雇った女にはひまを出し……」

お麻はひとりになって、細々と私娼窟《ししょうくつ》を営んでいたと言う。

だがそのころから、お麻の裏店に出入りし屯《たむろ》する得体の知れない男たちの姿が、とき折り、町内で見かけられるようになった。

客というより、お麻の古馴染みのようだと留吉には見えた。

出入りする男たちは、二、三人のときもあれば、五、六人いるときもあった。

男たちは、お麻の店でごろごろしていたり、夕方、ふらりとどこかへ出かけていったりして、真っ当な仕事をしている様子は見えなかった。

その男たちが、夜更けにときたま、留吉の見世へ呑みにきたのである。

男たちはいつも閑古鳥《かんこどり》の鳴く薄暗い見世の片隅でひっそりと呑み、大声で喚《わめ》くことも談笑することもなかった。

留吉が話しかけても碌《ろく》に返事もかえさず、たいていはそっぽを向いていた。

「ただ、中にひとり、親分らしい男がおりやした。見た目は三十半ばの、ごろつきというより遊び人ふうのすっきりとした身形《みなり》の、背の高い男で、いつも呑み代を払い、ほかの男らにいろいろ指図している様子だったで、親分と子分らみたいな按配《あんばい》に見えやした」

と留吉は言った。

「あれは十年前の春の初めでやした」

ある夜更け、お麻の店で男同士が激しく争う音が轟《とどろ》いた。

罵声《ばせい》、うめき声、それから物の壊れる音が続き、建物が揺れるほどだった。

町内の住民がみな路地に出てきて騒ぎ始めた。

慌てて駆けつけた家主がお麻の暗い店の木戸を叩くと、お麻が出てきて、

「どうもお騒がせして相すいやせん。たいしたことじゃありやせん。泊まりにきたお友だちがちょいとふざけすぎて、物を壊しちまいやしたもんで。本当に限度

をわきまえなくて、しょうがないったらありゃしやせん。ほほほ……」

と笑って誤魔化そうとした。

「ふざけただけであんな声や物音がするもんかね。見させておくれ。誰がいるんだい。近ごろ妙な人たちが出入りしているみたいだね」

家主が問いつめたが、お麻は家主をひと睨《にら》みし戸をぴしゃりと閉めた。

そして翌日、お麻が家主を訪ねてきた。

お麻は、商売は儲からないし自分のような者がいるとご近所にも迷惑だから住みこみの奉公先を探すと、その日のうちに裏店を引き払ったのである。

家主は、お麻がそれからどこへ奉公したか知らなかった。

もともと仮人別だったため、調べもしなかった。

町方の捕り方がばらばらと町内にやってきて空き家の店に踏みこんだのは、それから四、五日たってからだった。

「町内は大騒ぎでやした。家主さんがお麻が四、五日前に越した事情を話し、なんの捕り物かと訊ねたら、あのころ江戸を騒がせてた白狐一味のことらしいじゃありやせんか。あっしら、おっ魂《たまげ》消やした。けどそのあとで、腹抱えて笑ってしまいやしたよ。まあ、ずいぶんと町方は暢気《のんき》だで、空き家に踏みこんじゃあ白狐もつかまらねえべなって」

　留吉は酒が入り、てかてかと赤らんだ顔をゆるませた。

「それに、連中が本当に白狐の一味だったかどうかも怪しいもんだ。武家屋敷を荒らし廻った盗人《ぬすっと》にしてはどうもしけた一味だったし、本物だったらあのあと、もうちっと噂がたちそうなもんだ。なのに、なんもなかった。金坊、おれの話はそういうことだよ。ははは……」

　金三が留吉につられてくすくすと笑った。

　谷川が訊いた。

「名前は聞いてねえかい。渾名《あだな》みたいなものでもいい。連中は互いにどう呼び合ってた」

「もう十年前だし、おめえとか、おい、だったでな」

　留吉は赤らんだ顔を宙に泳がせ、思い出そうとした。

「頭《かしら》みてえな男は、かん……なんとかだった。ちらっと耳にしたことはある。会津の男だ」

「なに？　あいづ、会津だと」

　晋作が身を乗り出したので、留吉は意外な顔つきになった。

「そうでがす。ときどき、会津じゃどうのこうのと言ってたのは、はっきり何度か聞きやした。それは間違いねえこって。あ、そうそう、それとそいつあ、三味線が上手《うま》かった。無愛想な連中相手に、一度っきりだが、三味線鳴らして唄ったことがあった。唄は知らねえが、おら、うっとりした覚えがある」

晋作は谷川を見た。

「礼さん、会津だ。これは偶然か」

「会津に謎を解く鍵があります。柴崎兄弟、花守、もしかしたら白狐と……」

銀狼――

晋作と谷川は声をそろえ、頷き合った。

「礼さん、会津へいってくれるか」

同じ刻限、両国橋の上流や下流に、気の早い涼み舟の明かりがちらほらと浮かんでいた。

両国川開きはまだ先の、大川をさかのぼった浅草御蔵。

川面に豊かな枝ぶりを伸ばした首尾《しゅび》の松《まつ》陰に、一艘《いっそう》の日除け舟が舫《もや》っていた。

埠頭《ふとう》には、黒い御蔵の影が延々と連なっている。

日除け舟の日覆《ひおおい》の屋根から簾《すだれ》が垂れ、中に行燈の薄明かりが灯《とも》っていた。

薄明かりは三つの人影を映していた。

手拭を頰かむりの船頭が艫船梁《ともふなばり》に腰をおろし、煙管《キセル》を吹かしていた。

火皿が船頭の息に併せて、ホタル火のように光っては消えた。

船頭は忍ばせた低い声で独り言《ご》ちた。

「……町方の探索が迫っていることは確かだ。これまでよくやってくれた。そろそろ潮時かもしれねえ」

簾越しに、女の声がした。

「次は、ないのですか？」

「あと一回、それで終わりにしたい。廻り方はぼんくらでも恐いのはやつらが使う手先だ。あの連中は裏街道を知り抜き、手先を務める裏側で悪事を働く手合いはいくらもいる。そういう筋に流れる噂はあぶない」

簾の中がすこしざわめいた。

「じつはな、おまえたちが昔の恩人の家に金を投げ入れたので、怪しまれねえように銀狼の渾名と銀狼は貧乏人に金を施《ほどこ》している義賊だという噂を読売に流したのはおれなんだ。奉行所に出入りする人足を装って、町方役人の間でそんな話があるとねたを売りにゆくのさ。やつら、ねたが面白いと思ったらすぐ乗ってくる。人足の素性なぞ気にもしねえ」

船頭は言った。

「義賊の評判が、町方の目を厳しくしたのでは」

女の声が聞いた。

「危険は承知だが、おまえたちの恩がえしは、義賊・銀狼の評判の中にまぎれたはずだ。けど、おまえたちのことに気づくやつがいずれ出てくる。あの城の市のようにな。世間とはそうしたものだ。ほぼ三カ月で七回。鳴《な》りを静《しず》めるにはいいころ合いだ」

「あと一回、狙う相手はどこに」

「森田町《もりたちよう》の札差・笠倉屋《かさくらや》だ。笠倉屋の内情は前から調べてきた。笠倉屋の蔵には金がうなってる。そいつを、ごっそりいただく」

「父の組が切米の受けとりを森田町の笠倉屋に頼んでおりました」

「そいつはいい。ただ、最後の一回は手はずを変える」

にい――

「北庵が花守を身請けし、北庵の住まいも玄治店から向島《むこうじま》に移す。旅の絵師と弟子たちが人知れず逗留《とうりゆう》するのにぴったりの場所だ。おれは昔、半年ばかり、身を隠したことがある。それからは四人で行動をともにする」

川中を屋形船が通り、男と女の嬌声《きようせい》が川面の静寂を小さく破った。

「仕事がすんだら、すぐ江戸を離れるのですか」

「いや。江戸に長逗留する絵師と身請けされた女、弟子として普通に暮らし、銀狼の噂が忘れられたころ目だたずに江戸を去る。おれはその間に芸者・花守の錦絵を双紙にして売り出そうと考えている」

「そんなことをして、目をつけられませんか」

「絵師としての仕事を世間に見せたほうが、かえって疑われなくていいんだ」

女の声が、やおら言った。

「父と母の命日に江戸にいられたら、供養がしたい」

簾の中が沈黙した。

「先だって、恵比寿家に揚がった鼓という役人のことは聞いたか」

「いえ、まだ」

「あの役人は、北町奉行所の吟味方与力でした」

簾の中の若い男の声が静かに言った。

「髪結の評判からたどってわかりました。名前は鼓晋作。十年以上前、当時の奉行の肝いりで別の掛から抜擢《ばってき》され、今年三十三歳。将来は間違いなく筆頭に就く北町吟味方のきれ者と言われています」

「去年暮れから春の花嵐《はなあらし》の一件で、探索吟味の指揮をとった町方役人です。それで銀狼探索の指揮もとることを任された」

　もうひとりの若い男の声が言った。

「花、その吟味方を、じかに相手にして感じるところはあったか」

　船頭が訊き、女は静かにこたえた。

「できればあの役人には近寄りたくありません。あの男はおのれが見えています。おのれの欲ではなく、おのれの務めをまっとうするためにおのれを捨てられる、そんな覚悟を感じました。あの役人は恐い」

「ふむ。きれ者か。おまえたちといい勝負になるだろう。おまえたちにはおれの技のすべてを授けてある。頭も腕も引けをとることはない。三人が力を合わせれば、誰にも負けはしない」

「またくるでしょうか」

「必ずくる。だがそのときは、この前のとき以上におまえのことを調べ、つかんでいるだろう。覚悟しておくことだ」

川の流れが静かに根棚《ねだな》を叩く音がした。

川下の両国橋の畔《ほとり》にちらほらと浮いていた川舟の明かりがいつしか消え、夜更けがしんしんと川筋を包んでいた。

四

三日後の午後、晋作は裃《かみしも》ではなく袷《あわせ》に袴《はかま》をつけ菅笠《すげがさ》をかぶった風体で、相田翔兵衛ひとりを従え、摩利支天横町の松本卓の組屋敷を再び訪ねた。

松本は裏の勝手口の井戸端で、継《つ》ぎ接《は》ぎのあたった帷子《かたびら》の袖を襷《たすき》で絞り、裾《すそ》端折《はしょ》りにして担桶《たごおけ》を洗っていた。

裸足《はだし》で、刀も差していない。

いきなり現れた晋作と供の相田をぽかんと見あげ、

「うちの者はおりませんでしたか。すぐに白湯《さゆ》などご用意いたしますゆえ、どうぞ中へ」

と、立ち上がり、襷をはずそうとした。

「どうかこのまま、このまま。先夜、お訊きした柴崎姉弟について、二、三、どうしても確かめたいことがあり、居ても立ってもいられず、ご無礼は承知のうえお邪魔いたしました。このまま立ち話で結構です。すぐ退散いたします」

「はあ、しかし……」

晋作と松本は井戸端で向かい合い、相田は勝手口のわきにさがった。

晋作は菅笠の縁をあげた。

「十年前、柴崎沖節が斬罪になり、残された姉弟は江戸払いになりましたな」

「さよう。七月の下旬でした」

評定所の評定日は毎月、二日、十二日、二十二日である。

「松本さんは、姉弟は会津若松の知人を頼ると聞いたと、そう言われた」

「確か樹が、会津若松と、言っておったと記憶しております」

「知人というのは、柴崎家の親類縁者なのですか。それとも柴崎家と親しい者が会津若松にいたということなのですか」

「柴崎の親類縁者が会津若松にいる話は聞いたことがない。会津若松の知人と聞いて、遠いなと、思っただけでした」

「その知人は、柴崎家とはどういうかかわりの方だったのですか」

「いやあ……詳しいことは、知りません」

「あなたと柴崎は竹馬《ちくば》の友だったのでしょう」

「お互いに、近所同士で生まれ育ちましたからな」

「長いつき合いの中で、会津若松の知人の話は、一度もお聞きになったことがないのですか」

「なるほど。そう言えば変です。貧乏暮らしに追われて、深く考えなかった」

松本は思いを廻《めぐ》らせるかのように首をかしげた。

「柴崎もわたしも、わずか数十俵の相続小普請を何代も続け、この横町で暮らしてきた。ある意味で、妻や子供よりつき合いが長かった。互いのことは何もかも知りつくしているつもりだった」

「松本さんもご存じない知人が、柴崎にはいたんですね」

松本はあたりを見廻した。

垣根越しに隣家の裏庭と井戸があり、内儀と思われる女が井戸を使い始めた。

松本は内儀に会釈《えしやく》をし、晋作に小声で言った。

「やはりお入りください。中で話しましょう」

晋作と相田は、前に通された板敷にあがった。

色紙で破れを繕《つくろ》った襖の向こうから、この前きたときと同じ、遠慮がちな咳払《せきばら》いが聞こえた。

松本は襷をはずし帷子の裾をなおしながらあがってきた。

欠けた湯呑で晋作と相田に白湯を出した。

「あの、どなたか、臥《ふ》せっておられますのか」

「はあ。妻が春より風邪をこじらせまして、なかなか治りません。大丈夫、医者には看《み》せておりますので。薬料は金魚が稼いでくれております」

松本は暗く笑った。そして表情をあらためた。

「会津若松に柴崎の知人がいたとすれば、遠い昔からの知り合いではなかったと思います。せいぜい、お内儀が病気で臥せっておられたあの一年ほど前までの間にかかわりができた者かと……」

「心あたりが、ありますのか」

「会津かどうかは、わかりません。前にも申しましたが、柴崎の姉娘の樹は母親似の器量のいい優しい童女、十三歳でしたからもう娘と言ってもいいのでしょうが、近所の子供ら、他人にも面倒見のいい本当にいい娘でした。わたしには今金魚を届けにいっておる倅《せがれ》がおりまして、樹を嫁にもらう話を柴崎とはよくしておりました」

晋作は柳橋の芸者・花守を思い浮かべた。なぜか胸が高鳴った。

「あの年の、一月だったか二月の初めだったか、樹がゆき倒れの男を助けましてな。男は大怪我をしておったようです。怪我の様子から、まともな男ではなかったのでしょう。樹は男を憐《あわ》れんで、裏庭の物置に匿《かくま》い介抱しておったらしい。二、三日して柴崎も気づいた。だが、柴崎は男を追い出したり役人に突き出したりはしなかった。怪我をしておるなら仕方あるまい、樹の憐れみの行ないをよしと考えた。武士気質《かたぎ》の抜けない男でした」

松本は腕を組んで、ふ、と笑った。

「わたしが物置に男が匿われておると気づいたのは十日ほどたってからでした。何者だと柴崎に訊ねましたら、男の素性も経緯《いきさつ》も知らん、ただ窮鳥《きゅうちょう》懐に入るだ、見逃してやってくれと申しておりました。物好きなやつだな、罪を犯した者だったらあとで厄介なことになるぞと申しましたが」

「男はどうなりましたか」

「ですから、傷が癒《い》えて、出ていったんだと思います。柴崎もいなくなったとしか申しませんでした。そうかと、それだけです。だいたいわたしは男を見ていないし、それ以上気にも留めなかった。だから誰にも話しておりません」

十年前の春の初めの出来事――

と言えば、留吉が話していたあのころのことではないのか。

あの春の初めのある夜、谷中三崎町の裏店で男たちの争い事があった。

男たちの間に、あの夜、いったい何があった。

男たちの中の頭らしきひとりは、会津、会津若松の者。

白狐のねぐらという差し口と、頭らしき男の名前……

「松本さん、男の名前や渾名、特徴、年齢、背丈、色が黒いか白いか、男にまつわるどんなことでもかまわない。何か柴崎や姉娘から聞きませんでしたか」

松本はうなった。

「……もう十年も昔のことだからな」

「男の名前は、かん、なんとかではありませんか」

かんすけ、かんぞう、かんたろう、かんきち、かんごろう……晋作は思いつくままに名前を並べた。

「かんべえ」

松本がぽつりと言った。

「ええ？　かんべえと言うのですか」

　松本は頷いた。

「でしたな。樹が言うておりました。柴崎に、かんべえさんがと。あのころでした。今思い出しました。わたしは、匿われておる男がかんべえというのか、ふうん、ぐらいに聞き流しておりました。珍しい名前ではないし、わたしの知る限り柴崎にかんべえという名の知人はおりません。それ以後も聞いていない。もっとも、柴崎はその七月には首を落とされたのですがな」

「松本さん」

　晋作は逸《はや》る気持ちを抑えきれず、言った。

「樹、いや、花守という芸者に会っていただけませんか。わたしが松本さんをお招きいたす。柳橋の芸者・花守を料亭に揚げて遊芸を楽しめばいいのです」

「その花守という芸者が、樹なのですか？」

　松本は組んでいた腕を解き、額をなでさすった。

「鼓さん、見てください、尾羽《おは》打ち枯らしたこのわたしを。料亭で芸者を揚げて遊芸を楽しむなぞ、おのれが惨めになるだけです。やめてください」

　松本はうな垂れ、首を左右にふり、くく……と笑った。

「それに」

と顔をあげ、笑いながら言った。

「もし、花守という芸者が樹だったら、わたしにどうしろと仰《おつしや》るのですか。柴崎の子供らは銀狼に違いなく樹はその仲間だと、花守の顔を確かめて、わたしに樹をお上《かみ》に売れと？　十年前、友の子供らを見捨てたわたしに、もう一度その子供らを売れと、仰るのですか。武士の魂《たましい》はとっくに竹光ですが、こんな暮らしをしておっても、わたしは武士なのですよ。鼓さんに協力するのは吝《やぶさ》かではないが、これ以上のことはご勘弁ください」

松本はそう言って深々と頭をさげた。

沈黙が流れ、襖の向こうで遠慮がちな咳払いが聞こえた。

「申しわけありません、松本さん。ありがとう。それだけです」

晋作は立ち上がった。

松本が見送るために土間におりた。

晋作はふりかえり、懐紙《かいし》に急いで包んだ一分金を松本の掌《てのひら》ににぎらせた。

松本が目を丸くした。

「な、なんですか、これは」

「気になさらずに。お内儀に身体の滋養になるものを買ってさしあげてください。わたしの気持ちです。受けとってください」

晋作はくるりと踵《きびす》をかえした。

これでいい。

晋作は思った。

晴れた午後の摩利支天横町に出て、中御徒町方向にとった。

晋作の脳裡に、かんべえ、という男の影が像を結んでいた。

白狐のかんべえ。

仲間の間で、きっとそう呼ばれていたのだ。

傷ついた男を介抱している童女の姿が浮かんだ。

樹とかんべえ——

二人はそのときかかわりができた。

「相田、急ぐぞ」

「はあっ。次はどちらへ」

「小島町の伝助だ」

晋作の気は急《せ》いた。

五

日が暮れた。

川風がそよいでいた。

「……だもんですから、その羽織を呼んで呑んで踊って大騒ぎになりましてな。大旦那さまもまんざらじゃなさそうで……」

相田が晋作に、父・又右衛門が辰巳の羽織芸者とねんごろになった若いころの芸者遊びの顚末《てんまつ》を語っていた。

母・喜多乃への言いわけの口裏合わせを、深川からの夜道で、こうしようああしよう、この方がよろしいのでは、とやり合った奔放《ほんぽう》な日々を自らも懐かしむかのように、相田は若い主《あるじ》に少し自慢げに聞かせている。

諸問屋組合再興掛与力を平々凡々と勤めあげた若き日の父の、三味線、長唄、踊り、羽織芸者……。

相田の昔話はつきなかった。

晋作は櫺子格子の窓に目を投げた。

川舟の船頭の呼び声や、道を踏む下駄の音が聞こえる。

川向こうからは管弦の音色、それに道ゆく女の婀娜な笑い声がまじった。

晋作と相田は、夕六ツ半、船宿・恵比寿家の二階座敷にあがった。

宝井の花守を呼んだ。

呼び出しは五ツ。

まだ半刻の間がある。

かすかな動悸《どうき》が打っていた。

なぜだろう、父も初めはこんな気持ちであったのだろうか。

これは務めだと、晋作は胸の奥で言い聞かせた。

下谷七軒町通り、小島町の元岡っ引き・伝助は、白狐のかんべえの話を聞くと、しきりに頷いた。

谷中三崎町の捕り物には伝助も南町の廻り方に従って加わっていた。

お麻の私娼窟はもぬけの殻《から》で、そこに屯していた男たちが白狐の一味だったかどうかもわからず、以後、白狐はぷっつりと江戸から姿を消した。

「生国は会津若松、白狐のかんべえ……うかつでやした」

伝助はかすかな悔いを目元に浮かべた。

白狐の仲間割れや首領が殺されたかもしれない噂は、白狐が消えてから裏街道に巣くうやくざやならず者の間でささやかれていた。

「十年前、谷中の三崎町の筋から地道に調べてりゃあ、気づかなかった手がかりにあたってたかもしれやせん。あっしら、派手に白狐をひっ捕らえることばっかしに気が向いて、かえって抜かりやしたかねえ」

「親分、白狐が銀狼になって帰ってきたなら、元の仲間らはどうなったのだろう。また首領の下《もと》に集まったと考えたほうがいいのか」

「普通ならそうです。けどすぎてしまえばあっとの間だが、やっぱり十年は長え。年もとるし勘も鈍る。仲間割れや首領が消された噂にしても、一味の間に何かがあったからこそ流れた噂でやしょう。あっしには、一味の中の誰かが別の仲間を引き連れて、昔の手口で押しこみを始めたと見たほうが、無理がねえように思えやす」

その誰かが白狐のかんべえ。新しい仲間は柴崎の子供ら。そして……

晋作は櫺子格子窓の外に目を流した。

「お客さま、お待たせいたしました。花守でございます」

仲居の声がして、襖が開いた。

花守と幼い仕こみの小豆が座敷奥に並ぶと、そこに花が咲いた。

島田の髪に簪笄がさりげなさの中にも艶やかに、季節に合った萌黄《もえぎ》の小袖、呉絽《ごろ》を提げ帯に緋《ひ》の紅絹《もみ》裏と白い肌着が襟元に眩《まぶ》しい。

「鼓さま、お呼び出しをいただき、花守、本当に嬉しゅうございます」

「あ、これこれ、挨拶はよい。旦那さまがお待ちかねだ。酌を頼む。小豆はわたしのそばに参れ」

仲居が退り、座に慣れた相田が花守と小豆をなごやかに呼び寄せた。

「どうぞ、おひとつ」

花守の薦《すす》めに、晋作は盃をあげた。

花守と交わしたい言葉がいくつもあったのに、どう話せばいいのかわからないことに晋作は気づいた。

「今夜は、ゆっくりしたい」

花守が、まあ、と小さく恥じらったように見えた。

「江戸の朝顔の匂いを心に残した童女の、その後の物語を考えていた。それをおまえに話したくて、今宵もきてしまった。二人で……」

「この前は、戯れと仰いました。戯れがお好きでございますか」

「酒に酔い、儚《はかな》い言葉に戯れる、それが楽しい」

「言葉だけなので、ございますか」

晋作は笑った。

花守に盃を差し、花守が受けた。

「童女は会津若松の、一匹の狐を頼った。白い狐だ」

晋作は杯を乾した花守から、目をそらさなかった。

花守の黒目がちな目が晋作を押しかえした。

「なぜなら童女は昔、誰かに打たれ怪我を負った会津の狐を憐れみ、助けた。江戸を離れた童女と弟らに身を寄せる家などなかった。だから、江戸で助けたその狐を頼るしか生きる術《すべ》はなかったのだ」

「それから？」

花守は微笑んで続きを促した。

「狐は童女の恩に報いた。江戸の匂いをそのままに慈しみ、童女と弟らを大事に育んだのだ」

「狐の恩がえしの物語で、ござんすか」

相田は晋作と花守の邪魔にならぬよう、黙って小豆の酌を受けていた。

「十年がたった。童女は美しい女になり、弟らは逞《たくま》しい男に育ち、江戸に戻ってきた。なぜ、江戸に戻ってきたのか。江戸に何がある。花守、おまえはどう思う。童女と弟らはなぜ江戸に戻ってきたと思う」

「これは鼓さまの物語。なぜかはもう、鼓さまがご存じなのでは……」

「はは……残念だが、わたしの物語はまだできあがってはいない。この人の世と同じ、わからぬことが山ほどある。おまえの思うところが聞きたい」

「はて、なぜでございましょう。その童女にとって、江戸が父親と母親の思い出の地だからではございませんか」

「なるほど。恩ある父親と母親の供養をするためか」

「それと、もしかしたら……」

　花守は小さな沈黙をおいた。

「父親と母親の命を奪ったこの人の世へ、無念の思いをはらすため」

「人の世への無念を？　だがそれは筋違いではないか。わたしの物語では、童女の父親は罪を犯し死の科《とが》を受け、母親は自ら命を絶った」

「鼓さまは物語をお作りになる方々のおひとり。どうぞ、筋目正しくお生きなされませ。けれど、この人の世には筋からはずされた者も大勢おりましょう。その者らに、筋目正しく生きる道は厳しゅうございます」

花守が晋作の盃に酒をそいだ。

晋作はささやかな憐れみを覚え、黙った。

この女は、母親の喜多乃と同じことを言っていると思った。

酒の味がほろ苦い。

花守が戯れかけるように言った。

「鼓さまのことを、少しうかがいました」

「どのような」

「遠い昔、若くして吟味方に抜擢されたと。美しい奥方さまと可愛らしいお子さまがおられ、北の御番所をいずれ背負ってたつきれ者と」

「きれ者などと、埒《らち》もない。どこでそのような」

「あちこちで」

「きれ者であることがその者の価値ではない。何をきるかでその者の価値は決まるのだ。奉行所には、己《おのれ》をきれ者と思うておる者が大勢いる」

ほほほ……

花守は華やかに笑った。

「相田さま、また江戸節で踊りを見せてくださいませ。わたくしは三味線を弾きとうなりました」

「おお、いいとも。あれは大旦那さまから手解きを受けましたもの。わたしの十八番《おはこ》にいたしました」

相田は手拭を道ゆきかぶりにし、小豆の手をとった。

「旦那さまもいかがでございます。相田さまからお習いなさいませ」

「よし。相田、おれもやる。手解きしてくれ」

晋作は勢いよく座を立った。

手拭を道ゆきにかぶり、裾端折りになった。

「それはよろしゅうございます。小豆、おまえは旦那さまに手を引かれるのだ。旦那さま、ゆるゆると踊りますゆえ、ついてきてくだされ。では、花守どの、よろしゅうござるか」

花守が頷き、三味線を弾いた。

儚《はかな》い享楽のひとときがすぎた。

検番の迎えがきた。

四ツでなおして明けまで、四ツ明けになる。

小豆が検番に連れられ、恵比寿家を引く。

花守は帰らなかった。

「少し酔いました。小豆を見送りがてら、川風にあたって参ります」

相田が小豆とともに階下へおりていった。

花守と晋作が二人になり、座敷は急にしんと静まりかえった。

歓楽のときがすぎ、夜更けが忍び寄っていた。

二人の間に言葉は交わされなかった。

晋作の胸には、夜更けの寂しいやるせなさが染みて言葉が浮かばなかった。

だが花守と目を合わせ、その仕種を見ていることが、なによりも豊穣《ほうじょう》なひととときに感じられた。

花守は三味線を弾き、晋作のために唄い始めた。

迎え火の、煙の中の立ち姿
名も藤枝《ふじえだ》の殿さまと、立てた浮名は綾衣《あやぎぬ》の
ええどうにもならぬ悪縁が

君と寝やろか五千石とろか、なんの五千石君と寝よ
わけて待つぞえ主《ぬし》さんと、蓮《はす》の台《うてな》の半座ずつ

花守の愁いを秘めた目が、晋作の心をせつなくなでた。
花守が三味線をおき、言った。
「少し、酔いました。風にあたります」
花守は櫺子格子の障子を開けた敷居に寄りかかり、夜の川風におくれ髪をからませた。
白い素足が着物の裾からこぼれていた。
「鼓さま、手を貸してください。掌に字を書きますのであててみてください」
花守が戯れて言った。
晋作は花守と並んで櫺子格子の窓へ寄りかかり、掌を差し出した。
冷たい白磁の掌が掌を包む。
長い指先が、晋作の掌をくすぐった。
忍、侍、晋――
晋作は三つの文字をあてた。

「簡単だ。では、わたしの番だ。難しいぞ」

晋作は花守の掌をとった。

指をすべらすと、花守の横顔がくすぐったさを堪《こら》えるように微笑んだ。

江戸。

「えど」

朝顔。

「あさがお」

樹。


………


花守は晋作の手をにぎりかえした。

窓の外に顔を向けたままじっと考えていた。

にぎった手が溶け合い、ときめきが流れた。

対岸の船宿の行燈の灯が、暗い神田川の水面に映っていた。

通りかかった川舟の波が、水面の火をゆらめかせる。

二人は、夜の町をいつまでも見ていた。

晋作はおのれを擲《なげう》つ夢想を味わった。

沈黙が流れ、不思議な思いがあふれては消えた。

不意に、稲田に澄んだ空が広がり、白い初秋の雲が群れたった。

眩しい日の下に稲田は青々と続き、白く長い道がその中をくねっていく。

道の果ての遠い彼方《かなた》に山嶺《さんれい》が連なり、薄墨を流した谷と隆起の波紋を峰々に穿《うが》っていた。

己の意識が霞《かす》んでいきそうな、その道の果てに消えていく十三歳の娘と二人の弟の姿が、晋作には見えた。

激しい憐れみが晋作の胸をきりきりと締めつけた。

どれほどときがたったのか、晋作にはわからなくなった。

「旦那さま、夜も更けました。わたくしは下におります。お戻りのときはお呼びください」

襖の外で、相田の躊躇《ためら》いがちな低い声がした。

そうだ、戻らねばならぬ、妻と、幼い子らの元へだ。

「相田。帰る。舟を頼んでくれ」

短い間をおいて、相田はこたえた。

「承知、いたしました」

足音が廊下に消えた。

晋作は立ち、床の間の刀かけから二本をとって腰に差した。

花守が菅笠を晋作にわたした。

「もう会えぬと、思います」

晋作は花守の目が悲しげだと思った。

「それはいずれときが、教えてくれるだろう」

晋作は言った。

花守は畳に手をついて、晋作をおくり出した。


恵比寿家の河岸場へおり、猪牙《ちょき》に乗った。

眠りに落ちていく町の彼方に、犬の長吠えが陰々と響いた。

船頭の操る櫓《ろ》が軋《きし》り、舳《とも》にかざした提灯の灯が川面を照らしするするとすべる。

柳橋の橋桁《はしげた》をくぐった。

「旦那さま」

後ろの相田が呼んだ。

「花守どのです」

くぐり抜けた柳橋を見かえると、提灯を提げた花守が佇《たたず》んでいた。黒い橋影の中に、花守の姿だけが淡い光の中に浮かんでいた。猪牙が大川に出たとき、その姿が少しゆれた。

第五章　厭離穢土《えんりえど》

一

江戸日本橋、新和泉町に道幅二間、長さ六十間の玄冶店《げんやだな》の路地がある。黒塀が小広い家を囲い、見越しの松や、梅花空木《ばいかうつぎ》の木が洒落《しやれ》た枝ぶりを塀からのぞかせている。

あたりは、大店《おおだな》の旦那《だんな》の妾宅《しょうたく》や別宅が多い。

閏《うるう》四月も下旬になって、路地に落ちる日差しが初夏らしくなっていた。

昼下がり、路地に祭った橘稲荷の垣根わきの日陰に、三人の男がさりげなく身を潜ませ、立ち話をしていた。

北町奉行所吟味方与力・鼓晋作、同じく定町廻り方同心・石塚与志郎、石塚の使う手先・出っ歯の平助である。

「あそこが北庵の店《たな》です」

黒巻き羽織に白衣《びゃくえ》の石塚が、でっぷりと肉のついた大柄な体軀《たいく》を無理やり縮め、路地の先にちらちらと目を配りながら言った。

月代《さかやき》を剃《そ》った大きな頭に、小銀杏《こいちょう》がちょこなんと愛嬌《あいきょう》をふりまいている。

路地の先に、柴垣を廻《めぐ》らした二階家があり、片開き戸がついていた。

「ここんところ、しばしば花守を座敷に揚げているようで、座敷はたいてい、船宿の恵比寿家です。花守の錦絵をもうすぐ売り出すとかで、花守のいろんな様子を下絵に画《か》く追いこみに入っているところだと」

晋作は菅笠《すげがさ》をあげて、片開き戸に目を投げていた。

袷《あわせ》に袴《はかま》、菅笠をかぶった寛《くつろ》いだ風体で、供の相田も従えていない。

ここしばらく、継裃《つぎかみしも》を着て詮議所で吟味方を務めるのではなく、銀狼探索のため、裃を脱いで廻り方の石塚や、春原、権野らと隠密に行動をともにする機会が多くなっていた。

供を従えないほうが機に臨《のぞ》んで応変がしやすい、そういうこともあった。

「石塚さん、今月の頭から銀狼の動きはとまっている。北庵と花守が恵比寿家にそろうと銀狼が出没する、とは限らないようだ」

「こっちが思うとおりにはいきません。白狐が銀狼なら、やつら玄人《くろうと》だ。簡単に尻尾《しっぽ》はつかませない」

「銀狼でない場合もある」

「ぶふ。そうなりゃあ、とんだ見こみ違いだ。はは……読売が嗅《か》ぎつけたら喜ぶでしょうな。けど鼓さま、廻り方の勘を信用してください。花守はわからねえが北庵は絶対怪しい」

そのとき、片開き戸が開き、十徳《じっとく》に宗匠頭巾《そうしょうずきん》をかぶった北庵と二人の弟子が路地に現れた。

「出てきた。頭巾の男が北庵で、若い二人がいつも連れてる弟子です」

弟子のひとりは風呂敷包み、ひとりは小葛籠《こつづら》を背負っていた。

「いつもあの格好です」

北庵の下駄の音が路地を踏んで近づいてくる。

「暗い中でちらと見ただけだからはっきりとは言えませんが、あの北庵、恵比寿家の八助とかいう船頭に雰囲気が似てるんです。調べさせても、八助がどこに住んでるかもわからねえし、恵比寿家も知らねえところが腑《ふ》に落ちねえ」

「前も言ってましたね……よし。いきましょう」

晋作は歩き出した。

三人と三人の足音が近づき、狭い路地でいき合った。

北庵は晋作と目を合わせ、ほのかに微笑《ほほえ》んだかに見えた。

双方が道を譲るように左右によける。

北庵が先に立ちどまり、先頭の晋作になごやかな一礼をした。

晋作も歩みをとめ、会釈《えしやく》をかえした。

「絵師の北庵先生とお見受けいたします」

「はい。さようで……」

「先生のお噂《うわさ》は、かねがねお聞きしておりました。お目にかかれて嬉《うれ》しく思っております。申し遅れましたが、鼓と申します」

「ああ、あなたが北町奉行所吟味方与力の鼓さまでいらっしゃいましたか。宝井さんの花守から、鼓さまのご評判はうかがっておりました。なるほど、花守が鼓さまのお噂をするわけがわかりました。無理もない。花守の胸のときめきが聞こえて参るようでございます」

二人の若い弟子は背が高く、少年から若者になったばかりの俊敏な美しい顔だちをしていた。

晋作は花守の面影を二人に重ねた。

「北庵先生は花守の錦絵をお画きになっているとうかがいました。わたくし、楽しみにしておるのです。錦絵はいつごろ売り出されるのでしょうか」

「手慰みでございます。お上《かみ》のお叱《しか》りを受けぬよう、心がけ、注意を払って参りたいと思っております」

「庶民のささやかな楽しみに、お上が嘴《くちばし》を差し挟むのはおかしなことだと、思っておるのですが」

「とんでもございません。お上のご都合に従ってこその世の中。夏の終わりまでには開板できればと、思っております」

「書肆《しょし》はどちらに」

「長谷川町《はせがわちょう》の地本問屋・松江《まつえ》三四郎《さんしろう》さんでお願いする予定でございます」

「そうですか。今から待ち遠しい。ところで、北庵先生は生国《しょうごく》が安房《あわ》とうかがいました。安房と申しても広うござる」

「荒海の打ち寄せる小湊《こみなと》と申す貧しい漁村でございます。ぼろ寺の倅《せがれ》でございましてな。仏門はくぐりましたが、所詮《しょせん》は生臭。仏師を志し、あげくに、このような旅の絵師に落ちぶれ果てた次第で。諸国を廻り、去年の冬の初め江戸に入り、思わぬ長逗留《ながとうりゅう》になってしまいました」

「江戸には、いつまで」

「さようですな。江戸は面白い町でございます。諸国から人が集まり、激しく蠢《うごめ》いております。日々壊しては建て、光と影、表と裏、正と邪が入り交じっております。何やら、絵心をそそる気風がこの江戸にはあふれております。許されるなら、今少しと、考えております。旅の絵師、と申しましても実のありようは放浪の乞食《こつじき》僧の仮住まい。どうか、お見逃しのほどを」

「細かいことを詮索するのは、われらの役目ではありません。多くの人が暮らす江戸でわれらごときが細かい人別を正したとて、大海の一粟《いちぞく》、ご心配にはおよびません。それより、花守とは以前よりの顔見知りなのですか」

「は？　どういうことでございましょう」

「花守は今、柳橋の評判の芸者。初めての座敷で北庵先生の絵になることをよく承知したものだと思い、もしや以前にと……」

「花守の評判は江戸に入って初めて知りました。それほど評判なら、江戸の土産話に花守を船宿に呼んで舟遊びなどしてみようと、ほんの物好きでございます。江戸の話は諸国では喜ばれます。旅の絵師にとりまして、諸国のお客さまは神様でございますでな。絵になることを承知してくれましたのは、なんと申しましょうか、魚心あれば水心。こちらが心を許せば相手も心を開きます。ひと目会ったそのときから恋に落ちることもあるというもの。それもこれも、人の心ならばこそでございましょう」

「そうですね」

　晋作は北庵に笑みを投げた。

「つまらぬことをおうかがいいたしました。どうぞ今後とも、よき絵を画かれますことを、お祈り申しあげます」

「ありがとうございます。鼓さまもお健《すこ》やかに。失礼いたします」

　北庵は晋作、後ろの石塚、手先の平助にまで目礼して通りすぎていった。

　晋作たちは北庵と弟子が路地を曲がって見えなくなるまで見送った。

「石塚さん、北庵という男、何か臭いましたか」

「やっぱり八助に似ておりやすね。わたしは、てめえは船頭の八助だろうって言ってやりたくなりましたよ」

「北庵はただ者ではありません。恥ずかしながら、わたしは、着物の下が冷汗でびっしょりだ。それからあの若い弟子、身のこなし、隙《すき》のなさ、尋常ではなかった。あの二人、絵師の修業ではなく、違う修業をつんでいる」

「はあ、どんな修業をつんでるんですか」

「武士の剣術とも違う、獲物を見る獣の気配がしました」

「さようですかねえ。もっともわたしは、汗は冷汗も含めて、しょっちゅうかいておりますから」

だはははは……

石塚と出っ歯の平助が、顔を見合わせてばか笑いを路地に響かせた。

北庵と二人の弟子は玄治店の路地から駕籠屋《かごや》新道を抜け、浜町堀《はまちょうぼり》の堤《つつみ》を北に折れた。

北庵はまっすぐ道の先を見て歩いている。

二人の弟子が北庵の後ろで言葉を交わした。

「あれが北町のきれ者と評判の鼓晋作なのか。たいしたことはないね。吟味方にしてはにやけた男だ」

「ああ、なよなよして隙だらけだった。あれがきれ者なのだから町方など恐れるに足りぬ」

「賂《まいない》の多寡《たか》で地位を買う腐れ侍たちの世の中だ。きっとあの鼓晋作も、賂でとった評判なんだろう」

「あの程度の男なら束になってかかってきても、負けはせぬ」

すると、前を歩いている北庵が歩みをとめ、浜町堤の柳の下に佇《たたず》んだ。

昼のその刻限、浜町堀の両堤は人通りが多い。

荷をつんだ川舟が堀をすべっていく。

「どうか、なさいましたか」

年上の弟子が北庵に訊《たず》ねた。

「おまえたち、それは違うぞ」

北庵は水面《みなも》を見おろしている。

？……

二人は北庵を見つめた。

「あの鼓晋作という町方は、なよなよとにやけた隙だらけの陰に、鋭い牙《きば》と強い意志を潜めている。あの男は隙だらけに見せて、われらに喋《しゃべ》らせようとしていた。こちらの言葉から何かを汲《く》みとろうと心を澄ましてな。己《おのれ》への自信と矜持《きょうじ》がああいう男を作るのだろう。花があの役人を恐いと言った意味がわかった。おれは冷汗が出た。手強《てごわ》い。うかつに近づいたら怪我ではすまなくなる」

　二人は顔を見合わせた。

「英太《えいた》、道助《みちすけ》」

「はい」

「速やかに、事を運べ。しかし気配りを怠《おこた》るな。花と姉弟三人、助け合って機に応じ自在に行動するんだ。おのれらのおかれた立場は刻々と転変する。それを常に頭に刻んで次の事を考えるんだ」

「次の仕事を終えれば、すぐに江戸から離れたほうがいいのでは」

「それは最後の手段だ。そうなると触書がすぐに関八州に廻って、おれたちはただ逃げ廻るだけになるだろう。ゆとりがなさすぎる。今度の向島の隠れ処《かくが》でひっそりと暮らし、江戸を楽しむ。花守の錦絵を売り出して、おれたちが江戸のどこかで悠々と逗留していることを町方に見せつけるんだ」

「隠れ処が見つかったら」

「みなと別れの挨拶《あいさつ》を交わし、にっこりと笑って、旅に出る」

　北庵は堤端から道を歩き始めた。

　英太と道助は従った。

北庵の背中が言った。

「それと……おれには江戸にし残した仕事がある。そいつを片づけなきゃあならん。もっとも、これはおまえたちとはかかわりのないことだが、そのときはいったんおまえたちと別れて、おれひとり、江戸に残ることになるかもしれん」

英太と道助は、意外な表情で師匠の背中を見つめた。

二

二日後、第六天門前の置屋・宝井の芸者・花守は、新和泉町玄冶店の絵師・北庵に身請けされ、落籍した。

噂では北庵の花守の身請け話は半月前から進められていて、宝井の井左衛門は百両を超える身請け料を手にし、笑いがとまらぬらしいと賑《にぎ》やかだった。

花守の身請け話は、評判の柳橋の芸者が大店の旦那ではなく、無名の絵師・北庵に落籍《ひか》されたから驚きだ、という読売が売り出されるほどの市中の注目を浴びた。

北庵たあ誰でい。安房の由緒ある禅寺の道楽息子らしいぜ。そりゃあ田舎の金持ちの檀家《だんか》がついて、道楽息子が遊ぶ金にゃあ困らねえんだろう。花守は遠からず、でけえ禅寺の住職の大黒《だいこく》に納まるそうだぜ。

風流を気どる暇な趣味人や遊び人らの間で、北庵の絵師の素性を疑うのではなく、そんな噂ばかりが持て囃《はや》された。

さらに二日後、北庵は玄冶店の住まいを引き払い、向島に越していった。

ところが、北庵の越していった先が向島らしいという以外、不明だった。

石塚は北庵の動きに注意を払っていたが、見張りの手先の目をかいくぐって北庵たちは玄冶店から忽然《こつぜん》と姿を消したのである。

玄冶店の家主も、旅の絵師のいっときの仮住まい、北庵がどこへ住み替えたか、詳しくつかんでいなかった。

「まったく、面目ありやせん」

翌日の朝、北町奉行所の内座之間《うちざのま》で開いた評議の場で石塚は冷汗をぬぐった。

晋作は、石塚、春原、権野の三人の廻り方から、銀狼探索の進み具合の説明を受けていた。

「もしかしたら、北庵は潮時と見て、一味を引き連れて江戸を離れたんじゃありませんかねえ」

石塚が大きな肩を落として言った。

「北庵を銀狼と決めつける証拠は、今のところ何もありません。北庵がどこへ越してもそれを咎《とが》めだてする理由にならないし、江戸から離れるのなら悠々と旅だてばいい。北庵は、疑われていることを知っていたはずです。もし北庵が銀狼だとすれば、疑われていることを知ってあえて姿をくらましたのは、江戸にいて次の仕事を企てているためではないでしょうか。逃げたのではなく、何かをするために姿を消した」

「なるほど。連中は江戸のどこかに潜んで、まだ何かやる気ですね」

「とにかく、北庵の潜伏している場所を全力をあげて突きとめてください。それと、北庵の生まれた安房小湊の禅寺についても……」

それから——

晋作は春原と権野に向いた。

春原と権野は、晋作の指示で、神田川周辺の訊《き》きこみから〈かんべえ〉という男の素性と周辺、かんべえの仲間に探索の対象を絞っていた。

「かんべえという名前はありふれておりますが、会津若松の生まれ、十年前、谷中三崎町の麻の私娼窟《こうくつ》に出入りしていたこと、そこから訊きこみをたどって浮かび上がった興味深い男がおりました」

と権野と春原が報告した。

昔、上野山下、両国、本所深川、などの盛り場や岡場所に、ねぐらも定めず現れる〈遊び人の勘ちゃん〉という会津生まれの男がいた。

長身痩軀《そうく》の気風《きっぷ》のいい男で、三十の半ばだったと言う者もいれば、二十代の勘ちゃんを知ってる、と言う者もいた。

なによりも三味線《しゃみせん》に長唄、江戸節、端歌《はうた》、踊りに管弦、遊芸はなんでも玄人はだしの腕前で、飲んだ席で興に乗ると、しっとりと三絃《さんげん》の音色と渋い喉《のど》を聞かせたという。

男は金廻りもよく、気に入った女郎がいれば何日も廓《くるわ》に居続けをして享楽に耽《ふけ》り、金を散在し、あるときぷいと姿をくらましてしまう。

そして、一、二年してまたふらっと現れては遊興に耽溺《たんでき》した日々を送る。

得体は知れないが、岡場所の女郎や盛り場の町芸者の間では、ちょいとばかり評判になった男だった。

その遊び人の勘ちゃんが、仲間というよりも子分のようにつきまとっている連中と一緒にいるところをとき折り、見られていた。

黒蜘蛛《くろくも》という渾名《あだな》の岩太《いわた》、鼠《ねずみ》の銀八《ぎんぱち》、味噌屋の伊助《いすけ》、赤牛の彦一《ひこいち》、青蟬《あおぜみ》の半次《はんじ》の五人で、盛り場でもあまり評判のよくない連中だった。

三崎町の留吉の見世にきた〈かん〉何某《なにがし》ことかんべえは、ほぼその遊び人の勘ちゃんに違いないと思われた。

「この五人にかんべえを入れ、谷中三崎町の麻を加えて七人、これが白狐の一味だとすると、かんべえが一味の首領で、かんべえは白狐と呼ばれていた。と言いたいところですが、そこまではまだつかめておりません」

「気になるのは、かんべえとその連中は、十年前、白狐の一味が江戸から姿を消し、どうやら首領が仲間に殺されたらしいという噂が流れたころ、やっぱり姿を消し、江戸からいなくなったってえこってす」

「つまり、かんべえとその一味はやっぱり白狐で、盗んだ金の分配を廻《めぐ》って争いが起こり、かんべえはほかの六人に殺された。残ったやつらは金を分配し姿をくらました。よくある仲間割れでさあ」

「ただ、一味が本当に江戸から姿を消したのか、あるいは名前や素性を偽って江戸のどこかで暮らしているのか、専《もっぱ》ら、連中の消えた足どりを掘り起こしているところです」

どっちにしても十年は長く、なかなか足どりはつかみにくいのですと、二人は声をそろえた。

「お二人は、引き続き白狐に絞って探索を続けてください。どんな些細《ささい》なことでも丹念に調べてください。白狐の一味が今どこにどうしているかがわかれば、きっとその残党の中から、銀狼を率いている者の姿が見えてくるはずだ」


午後、晋作は奉行・榊原主計頭に提出する言上帖《ごんじようちよう》に、午前の評議でわかった内容と経過を書きあげるのに費やした。

しかしその間も、晋作の脳裡から花守の面影が離れなかった。

花守は北庵に身請けされ、どこへ消えた。

花守が柴崎沖節の娘・樹と言っていた城の市が殺され、摩利支天横町の御家人たちの間でささやかれている、柴崎沖節の残された子どもたちが銀狼になって江戸に戻ってきたという噂……

ただ、花守と柴崎姉弟、銀狼をつなぐ筋道は何もない。

花守は会津若松の寺男・和助の娘・花……

遊び人の勘ちゃんこと谷中三崎町で留吉が見た〈かん〉何某、樹が救ったかんべえという男、十年前、樹と弟たちが消えた国、そして花守……

これらのつながりのない人々が、なぜかすべて会津若松で結ばれている。

会津若松に、何かが隠れているのだ。

晋作は言上帖に書ききれない探索の詳細な進み具合を、奉行に提出するため書面にまとめ始めた。

書面は奉行所では書ききれず、屋敷に持ち帰り、夕餉《ゆうげ》のあと、居室に閉じこもって続きにとりかかった。

筆は進まなかった。

深い霧の中で人の気配はする。

だが、払っても払っても渦巻く霧に遮《さえぎ》られ、それが誰か見えないのだ。

そこへ、そうっと襖《ふすま》が開いた。

襖の隙間《すきま》から娘の苑がこっそりとのぞいている。

晋作と目を合わせ、苑は、うふ、と笑った。

「何か、用かい」

晋作が笑みをかえして言うと、苑は安心したふうに、つつつ、と居室に入り、書案《ふづくえ》の傍らにちょこなんと座った。

「お父さま、おはなしは、しないのですか」

苑は、晋作が毎晩、苑と麟太郎を膝に乗せて聞かせる御伽噺《おとぎばなし》の催促に、きたらしい。

「今夜は、仕事があるのだよ」

「えんがおてつだいをして、さしあげましょうか」

「手伝ってくれるのかい」

晋作は苑を抱きあげ、膝に乗せた。

苑は書案の書きかけの書面の文字を不思議そうに見た。

「昔々、苑の生まれるずっとずっと前、江戸に姉と二人の弟の仲のいい姉弟が父上や母上と住んでいました」

うん……苑が頷《うなず》いた。

「だが、姉弟の父上と母上が死んでしまわれ、お爺さまもお婆さまもいらっしゃらなかったから、姉弟は江戸より遠く離れたよその国へいき、よその人のお家《うち》で暮らさなければなりませんでした」

「かわいそう」

「姉弟は遠いよその国のよその人に育てられて、大人になりました。大人になった姉弟は子供のころ父上母上と暮らした江戸に戻ってきました。今その姉弟のことを考えてこれを書いていたのだよ」

「そのひとたちを、たすけてあげるのですね」

「その人たちは、江戸に戻ってから、してはいけないことをしたかもしれないのだ。だから父は、その人たちをどうしたらいいのだろうと考えているのだ。苑ならどうする」

うんとね……

苑は小さな頭で考え、そして言った。

「かわいそうだから、ゆるしてさしあげます」

「そうか、許してあげるか。そうだな」

晋作は笑った。

「苑は優しい子だな」

「失礼いたします」

襖の外で高江の声がした。

襖が開き、高江が苑を呼んだ。

「苑、お父さまのお仕事の邪魔をしてはなりません。こちらにいらっしゃい」

苑は晋作の膝をおり、つつつ、と居室を出、廊下の高江の首にすがった。

「お父さま、おやすみなさいませ」

ああ、お休み……。

苑と高江が奥にいくと、晋作の胸に不思議な寂しさがこみあげた。

花守の舞い姿が浮かび、北庵に従っていた二人の若者の顔が見えた。

摩利支天横町の御家人の寂《さび》れた組屋敷が見える。

花守のにぎった掌の感触が、夢のような儚《はかな》さで甦《よみがえ》る。

かわいそうだから、ゆるしてさしあげます……

苑の言葉が胸を締めつけるようにそよいだ。

長い時間がたった。

晋作は夜が更けるのも忘れていた。

九ツをすぎ、八ツになろうかという刻限だった。

冠木門《かぶきもん》を激しく叩く音がした。

中間《ちゆうげん》の敷石を走る音と、声高な話し声が聞こえた。

廊下に高江の足音がした。

「あなた」

「出かける。用意を頼む」

「はい」

高江が居室に入り、晋作に着替えの袷と袴をそろえる。

「旦那さま」

相田が中庭の縁廊下に畏《かしこ》まった。

「うむ。銀狼だな」

「仰《おお》せのとおり。平助が参り、石塚どのが旦那さまのお越しをお待ちしておられるとのことでございます。場所は浅草蔵前、森田町蔵宿・笠倉屋と」

「わかった。相田、供はおぬしひとりでよい」

「はっ、承知いたしました」


九ツすぎ、森田町の蔵宿、通称・札差の笠倉屋に忍び入った三人の盗賊一味は、主人・笠倉屋の達兵衛《たつべえ》一家と住みこみの下男下女、手代、用心のために雇っていた侍二人を手もなく縛りあげ、猿轡《さるぐつわ》を嚙《か》ませた。

盗賊は勝手知ったふうに内蔵に入り、銀の十貫目箱などには手をつけず、千両箱をひとつだけ空にした。

家人は身動きできず、声もたてられず寝間に転がされたまま、盗人《ぬすっと》一味がひと言も声を発せず、錠前を自ら開け金を盗って去っていく物音を聞いていただけだった。

一味が家に押し入り姿を消すまでにわずかな時間しか要《よう》しなかった。

全身を黒装束に包んだ三つの影が、笠倉屋の切妻《きりづま》造り二階家の屋根の上に立ち、安らかに寝静まった江戸市中を見廻した。

浅草の米蔵の影が、黒い壁になって蔵前通りの向こう側につらなっている。

夜空には無数の星がきらめき、欠けゆく弦月がかかっていた。

笠倉屋が襲われたことはまだ誰も気づいていない。

三人は、覆面から出した目を合わせた。

三人の目は星明かりさえあれば、闇の中でも物を見分けることができた。

珍しく、ひとりが覆面に覆《おお》われたくぐもった声で言った。

「これが、最後なんだね」

「ああ、痛快だった」

「姉さんは？」

訊かれたひとりは夜の町を見おろし、考えた。

「わからない」

と女の声が寂しげにこたえた。

「武士の世に恥をかかせてやりたかった。でも、もういい……」

その女の声は顔をあげ、夜空に吠《ほ》えた。

はおおおお……

見あげた目に星の光が宿った。

二人がそれに続く。

はおおおお……はおおおお……

深い山や谷、絶壁に響きわたる狼《おおかみ》の遠吠えだった。

町の辻のそこかしこから、犬の長吠えがかえってくる。

ひとつの影が屋根を走り、くるりと宙に舞って次の屋根に飛び移った。

それを機に、あとの二つの影は前の影を追って、獣のように走り、鳥のように羽ばたき飛んだ。

三つの影は、樹林を走り、渓谷を越え、果てしなく続く山野の息吹を嗅ぎ、激しい鍛練と修練に明け暮れた日々を思い出していた。

江戸の町から町へ飛び廻ることなど、あの苦しい鍛練の日々に較べれば児戯《じぎ》に等しい。

呼子《よびこ》が鳴りわたり、捕り方の駆ける足音が町民の眠りを覚ましたのは、三つの影が笠倉屋の屋根より消えてほどなくしてからだった。

三

翌朝五ツ、北町奉行所の奉行用部屋に、登城前の裃に正装した奉行・榊原主計頭、左右に継裃の吟味方筆頭与力・柚木常朝、公用人・高畑孝右衛門が着座し、三人に向き合って、継裃の鼓晋作、後ろに黒巻羽織の、石塚与志郎、春原繁太、権野重治、が並んで畏《かしこ》まっていた。

奉行は難しい顔で晋作の提出した書面に目をとおしていた。

高畑は備後畳においた言上帖をめくっている。

奉行の不機嫌な様子がありありと見えていた。

奉行は書面をぞんざいにおいた。

「十年前の白狐一味、御家人の柴崎沖節の残された子供ら、それがどのように銀狼一味とつながっているのか、確かな筋道がわかっておらぬことだけはわかった」

奉行が晋作に皮肉な言い方をした。

「摩利支天横町の柴崎、その子供、谷中三崎町のかんべえ、会津若松の和助、娘の柳橋芸者・花守……それに絵師・北庵と名前や場所は出てくるが、どれもばらばらで、わたしにはつながりがさっぱりわかりませんなあ」

公用人の高畑が奉行の機嫌をとり持つように言った。

「結果を出せ」

奉行は苛々《いらいら》と言った。

「あれが怪しいこれが怪しいという説明は一度聞けばよい」

「だいたい八度も銀狼の押しこみを、こうもやすやすと許したとあっては、町方の面目がたちません」

高畑が言い、奉行は口を不機嫌に曲げた。

だが八度と言っても、晋作がこの月頭に奉行の命令で銀狼探索の専従組を作り、役目に就いてからは二十数日目にして初めての銀狼の動きだった。

柚木は黙っていた。

三人の廻り方も、ただ俯いている。

昨夜の森田町の蔵宿・笠倉屋への押しこみの被害額は千両。

魔術のような仕業《しわざ》だったと、家の者は口々に言った。

用心棒に雇った侍はなんの役にもたたなかった。

晋作と石塚は下柳原の船宿・恵比寿家へ走った。

もしや、北庵が恵比寿家に現れていたのではないかと、睨《にら》んだからだ。

「はい。北庵先生が花守を身請けなさいましてから、昨夜、ようやくお見えになられました」

主人・与衛門が何事ですか、というような顔つきをして言った。

北庵と二人の弟子、それと花守らしき頭巾で顔を隠した女が、五ツすぎ、猪牙《ちょき》で現れ、恵比寿家の座敷で遊んだあと、宿の日除け舟に乗り、長閑《のどか》に船遊びに出かけ、一刻近く前に戻ってきた。

「それから、ご祝儀をはずんでいただき、猪牙で帰っていかれました」

「船頭は誰だ」

石塚が訊くと、

「それが、北庵先生がご自分で櫓《ろ》をおとりになられて、巧みなものでございました。わたしどもも何かあってはと申しましたが、お馴染《なじ》みいただいているお客さまがそうしたいと仰《おっしゃ》られれば、お断わりもできず、ここ何度かはお任せしておりまして、今宵もそのように、へえ……」

与衛門がこたえた。

「北庵は新しい住まいの場所や町名を言わなかったかい。何か臭わせるようなことでもいいんだが」

「何も、仰いません。わたしどもも、花守の身請けで評判がたちましたが、仕事柄、静かな住まいが必要だからでございましょうか、あまり世間には知られたくないご様子ですので、うかがいませんでした」

と、女将《おかみ》のお駒とそろって首を左右にふった。

「芸者の花守がいかにも怪しいですな。それと花守を身請けした絵師の北庵も臭う。もっと早く奉行所に花守を呼んで締めあげておれば、何かわかったのではありませんか」

高畑は奉行の意向を汲んで、おのれの考えのごとくに披瀝《ひれき》した。

「その者らの移り住んだ先を、現在、手をつくして探しております」

晋作がこたえると、高畑は、まだわからんのか、という顔つきで笑った。

「鼓、次はないぞ」

奉行が突き放して言った。

「次に銀狼の働きを許すような失態があれば、専従からおろす。柚木、それを考えておけ。鼓、おぬしのやり方は手緩《てぬる》い。前にわたしが花守を呼べと忠告したはずだ。高が芸者ごとき、何を遠慮することがある」

奉行は座を立ち、公用人の高畑を従え用部屋を出た。

四ツの登城の仕度にかかる刻限である。

晋作は昨夜、与衛門に花守の様子を訊きたかったけれども、それができなかったことをぼんやり考えた。

高が芸者ごとき……

柚木が晋作の提出した書面や言上帖を集め、晋作の前にそれをおいた。

「してやられたな」

晋作はわれにかえった。

「はい。してやられました」

「会津若松へいった谷川は、まだ戻ってこないか」

「まだのようです」

「ふむ。谷川のことだ。きっと何か調べ出してくるだろう」

「そう思います。わたしも、待ち遠しいのです」

「とにかく、これまでの探索で銀狼に確実に迫っていることは、鼓のこの書面を読めばわかる。おぬしらもよくやった。自らなすべきことをなす、われらはそれあるのみだ。鼓、おぬしの思うとおりに進め。銀狼がおぬしのくるのを待っているぞ」

柚木は平然と言った。

谷川礼介と万次が会津から戻ってきたのは、その夕刻だった。

晋作が奉行所を出て呉服橋にかかったとき、三度笠をかぶりふり分け荷物を肩にからげた合羽《かっぱ》、裾端折《すそはしょ》りの脚半草鞋《きゃはんわらじ》の男が、菅笠に小葛籠を連尺《れんじゃく》で背負った小柄な男を従え、一石橋《いっこくばし》から濠端の人通りの中を呉服橋の方に急ぎ足にくるのが見えた。

夏の夕刻の日が、旅に疲れた二人連れを赤く染めていた。

四

会津盆地を貫く越後《えちご》街道を、若松城下から越後へ目指す街道筋に広がる湯川《ゆかわ》村は、代掻《しろか》きを終えて田植えを待つばかりの水田の間に畦《あぜ》が縦横にくねり、四方に点在する林の中の家々、樹林に覆われた山肌が彼方《かなた》につらなっていた。

三度笠にふり分け荷物と合羽を肩にからげた男と、連尺で小葛籠を背負い菅笠をかぶった商人《あきんど》風体の小柄な男が、田圃《たんぼ》の中の狭い水路と白壁に囲われた湯川村・禅勝寺《ぜんしょうじ》の山門をくぐったのは、三日前、まだ日の高い午後であった。

龍光《りゅうこう》は白衣に括《くく》り袴を着けた、背が高く痩せた年配の僧侶だった。

二人の見知らぬ客を物静かな笑みを浮かべて迎え、広い堂舎《どうしゃ》の奥に祭った宝蓋《ほうがい》を覆う菩薩《ぼさつ》の前に招じた。

二人と名乗りを交わしたあと、龍光は笑みを絶やさず言った。

「礼介さんと万次さんですな。お見受けしたところ、道中差しだが、礼介さんはお侍ですな。となれば、江戸から隠密の御用で参られたのでしょうな」

そして、顎骨《あごぼね》の張ったがっしりとした体軀の男と才槌頭《さいづちあたま》の小柄な男を、じっくりと見較べた。

「去年までこの寺で寺男をしておった和助と子供らのことを探っておられるとか。田舎の狭い土地です。五、六日前あたりより、近在の村に現れる行商風体の不審な二人の男の噂は、耳に入っておりました。陣屋に届けたほうがいいと言う者もいたのですが、わたしがとめたのです。いつかは、江戸からお二人のような方が

見えるときがくるだろうとは、思っておりましたから」

谷川礼介と白輿屋《しらこしや》の万次は、柳橋の芸者・花守、父親の寺男の和助、十年前、江戸払いとなり姿を消した柴崎姉弟、そして、谷中三崎町の留吉から聞いた白狐の一味かもしれぬ〈かん〉何某を結ぶつながりを探るため、古着売りの旅商人を装い、会津若松へ六日ほど前から入っていた。

二人は、和助が寺男をしていた禅勝寺のある湯川村と近在の村を中心に行商をして廻り、禅勝寺の住職・龍光に、十年前江戸で死んだ勘兵衛という弟がいた事実を探り出していた。

谷中三崎町の留吉が言った男の名は……勘兵衛。

谷川と万次は確信した。

また寺男の和助には旅芸人だった女房などおらず、和助の三人の子供らは、同じころ、村に迷いこんだ乞食の子らを和助が引きとったこともわかった。

芸者・花守は和助と血のつながりのある娘ではなかった。

三人の乞食の子が湯川村に流れつき、和助はその子らを引きとった。

なぜだ。

禅勝寺を軸に、人々をつなぐ糸がからんでいる。

「わたしは事を荒だてたくないのです。事を荒だてて、この寺にいいことなどひとつもありませんからな。和助と子供らについては、知っていることもあれば知らぬこともあります。それをお含みおきください」

龍光は諭《さと》すように言った。

「和助と子供らが江戸でどのような目に遭おうとも、わたしのあずかり知らぬことです。ですが、この寺に救いを求める者がくれば、わたしは御仏《みほとけ》の慈悲の教えに従い、その者を救わねばなりません。そのときあなた方は江戸にいて、それをあずかり知らぬこととして、お忘れいただけますか。忘れるとお約束いただけるのであれば、あなた方のお訊ねにおこたえいたしましょう」

谷川は疑問をぶつけた。

「和助の子供らは、和助の血を引いた子ではありませんね。十年前、姉と弟らの三人の乞食が湯川村に現れ、和助が引きとった。と言うのも、三人の子供らは乞食ではなく、和助の知っている子だった、からですね」

龍光は微笑んだ。

「命を助けられた恩人と、聞きました」

「命の恩人？　どこで、いつ、どのように」

「江戸です。和助は湯川村の生まれだが、若いころ村を出て、江戸で暮らしておりました。その江戸で受けた恩だと聞きました。恩をかえしたいという和助の殊勝な願いを汲み、和助の子として宗門改帖にわたしが入れてやったのです」

「和助は江戸で、どんな暮らしをしていたんで？」

「いろんな奉公先を転々としたが、どの勤めも上手くいかず、悪い仲間とつき合うことになったと。詳しいことは知りません。おそらく悪事も働いたのでしょう。その仲間と諍《いさか》いになり、怪我を負った」

「和助を助けたのが、引きとった子供らだったんですか」

「そのようです。和助は瀕死《ひんし》の怪我を負いながら逃げ惑い、ある家の物置に身をひそめた。それをあの子らが見つけ、怪我を負った獣を憐《あわ》れむように、介抱してくれたそうです。傷の癒《い》えた和助は、姉娘にこの恩は一生忘れない、生国は会津若松湯川村、助けがいることがあったら湯川村の自分を訪ねてくれと言い残し、江戸から村に逃げ戻ってきた。わたしは和助を寺男にしてやった。十年前の春でしたな。同じ年の秋の初め、あの子らがぼろぼろになって、和助に救いを求めてこの寺に現れたのです」

「子供らは、江戸の御家人の柴崎沖節の娘・樹、息子の英寿、未知丸、ですね」

「そんな名前でしたかな。和助の娘は、花。息子らは、英太、道助です。宗門改帖に書き入れる折り、わたしが名づけてやりました」

「そのときの、和助の年は？」

「三十七歳」

「ご住職、わたしらが聞いた話では和助は当時でも七十を超えた老人だった。ちょうどあのころ、寺男の和助は病を得て亡くなったはずだ。なのにその後も寺男の和助が寺で働いていた。年は三、四十。本物の和助は昔から禅勝寺の寺男で、江戸になんかいっちゃあおりません。なら、その三十七歳の和助はいったい誰なんで……」

住職は穏やかな笑みを消さなかった。

心動かされたふうもなく、淡々《たんたん》と言った。

「村の誰にお訊きになったかわからないが、その者の勘違いでしょう。その村の者は和助でなければ誰だと、言っておりましたか」

「そっから先は、村のみなさん、一様に口を噤《つぐ》まれましてね。口を開かれるにしても、そいつが誰だかはご住職に訊けばわかるべえな、と仰るばかりで」

「ですから、わたしのお話ししたとおりなのです。あれから十年、去年の秋、和

助は育てあげたあの子供らを連れて、江戸に再び旅だったのです。わたしがあんなにとめたにもかかわらず、江戸にし残したことがあると申しましてな」

「し残した？　何をです」

「……十年前の借りをかえすと、言っておりました。ばかな男だ。子供らまで巻き添えにして」

「和助の、江戸の住まいはご存じですか」

「わたしには何もわかりません。江戸でどのように暮らしているのやら。どうせあのばか者は、どこかで野垂れ死にするのでしょう。わたしは、花を村の百姓に嫁《とつ》がせ、英太と道助の二人にはこの寺を継がせようと思っていた」

そこで龍光はわずかに物悲しげな感情を、目に浮かべた。

それが逆に、和助と子供らへの思いの強さを表していた。

「勘兵衛さんのことを、訊かせてください」

「勘兵衛？　ああ、わが弟の勘兵衛ですか。あれは遠い昔、死にました。江戸のどこかの寺に、無縁仏として葬《ほうむ》られているでしょう」

「江戸で亡くなられたんですか」

「はい。しかし勘兵衛の江戸でのことは、わたしにお話しすることは何もありません。ただ、十六の春に絵師を志して江戸へ修業に出て、江戸で死んだ。それだけです」

「絵師?」

谷川と万次は顔を見合わせた。

廻り方の石塚の調べで、柳橋の芸者・花守の馴染み客に北庵という絵師がいる報告を受けていた。

「亡くなられたときの年は?」

「さあ。いつ、どこで、どうなったのやら。生きていれば何か知らせがあるはず。生きていれば、わたしより十歳下の、今年、四十七になります」

龍光は午後の日が明るい堂舎の外へ眼差しを泳がせた。

兄は弟を心から愛し、可愛がった。

兄が十歳の年に生まれた玉のような赤ん坊は、禅勝寺の住職の父親と生臭な父親が娶《めと》った村の庄屋の娘の母親の愛を一身に集め、慈《いつく》しまれ、かしずかれ、奔放《ほんぽう》に育った。

弟は成長とともに可愛らしい幼児になり、それから美しい少年になった。

弟が身体と心の両方に天稟《てんぴん》の才を授かっているとわかったのは、弟が物心ついて間もないころだ。

年端《としは》もいかぬ小さな弟が、村の野を鹿のように駆け廻る姿を見た兄は、その俊敏さに驚き、父親の読経を朝夕聞いているうちにそらんじ、字を覚え、十歳年上の兄と書案《ふづくえ》を並べて経典を読み始めたとき、兄は弟の知力に圧倒される思いがした。

けれども兄は、そんな弟に嫉妬《しっと》を覚えたことはない。

嫉妬よりも弟への愛のほうが勝っていたからだ。

小さな弟を従え村の道をゆくとき、兄はむしろ誇らしかった。

弟は兄を慕い、兄に気に入られようと一生懸命になる。

そんな姿が、けなげでありいじらしく、兄と弟は肉親の強い絆《きずな》で結ばれ、兄弟愛を育《はぐく》んだ。

兄が学僧となって三年間京で学び、村に戻ってきたとき、弟は見違えるような少年に変貌を遂げていた。

弟は三年の間に修得した技を兄に披露するため、野山を獣とともに走り、するすると森の喬木《きょうぼく》にのぼり、木々の間をむささびのように滑空し、目もくらむ崖《がけ》から渓谷の流れに身を投げて見せた。

かと思うと、僧房に閉じこもり、経を読み仏画を画くことに傾倒し、見事な仏画を画きあげ、とき折り、深い瞑想《めいそう》に沈んだ。

なんという男だ。

兄は、周囲の人が弟を驚きの目で見る以上に、心の奥で弟を畏敬《いけい》した。

弟は何かを授かってこの世に遣《つか》わされた。

いつか自分は、弟に仕えて生きるときがくるだろう。

兄はそれを密かに心待ちにしつつ、弟の成長を見守った。

ある年の冬、村に旅芸人の一座がやってきた。

網代笠《あじろがさ》をかぶり、白粉《おしろい》に派手な着物を着飾った女や大男や小人が、三味線、鉦《かね》と太鼓《たいこ》に笛を鳴らし、村の中を練り歩いた。

芸人たちは門付《かどづけ》をして、唄い舞い踊って村人から銭を乞い、辻々を廻り、畦をたどって野や畑を称《たた》え、やがて禅勝寺にもやってきた。

芸人たちが境内《けいだい》で興じる芸を寺の者たちが集まって囃した。

弟は、旅芸人の興じる管弦や唄や舞い踊りに魅《み》せられたようだった。

父親は芸人たちに銭を払ってやった。

弟が僧房で、三味線をかき鳴らすようになったのは、そんなことがあってしばらくしてからだった。

父親は弟の三味線に驚き、きつく咎めた。

僧侶の息子が旅芸人の真似事をして三味線など、とんでもないことである。

そのため、僧房では鳴らさなくなったが、川縁《かわべり》や山の森の中で、ひたすら三味線の音色に傾倒している弟の姿が、しばしば見られるようになった。

翌年の春、兄は弟と村の北西にそびえる高森山《たかもりやま》にのぼった。

弟は三味線を背負い、兄を導いて杣道《そまみち》をのぼっていった。

沢につくと弟は、水の流れと、鳥の囀《さえず》りと、とき折り樹林を吹き抜ける山の風の中で、兄のために三味線に撥《ばち》をあてたのだった。

曲目は知らずとも、兄は弟の奏でる三味線が並たいていではない技量に達していることがわかり、言葉を失った。

同時に兄はそのとき、激しい不安にかられた。

この男は、その多才さゆえに、身を滅ぼすときがくるのではないかとだ。

「おれは、江戸にいぐ。もっとでけえ世の中を、知りてえ」

三味線の手をとめ、弟は兄に言った。

兄は黙って山の音を聞いていた。

兄は、自分の仕える神に弟がならなかったことを悟った。

十六歳の秋、弟は絵師になる修業のため江戸に旅だった。

父親や母親の反対など、弟の耳には入らなかった。

兄は弟を会津西街道の大内宿《おおうちしゅく》まで見送った。

あとになって兄は、あのとき弟をとめなかった自分を責めた。

弟をとめることなど、できはしなかったとわかっていてもだ。

江戸で絵の修業をしている弟からの音信が途絶えたのは、それから五年のあとだった。

兄は弟の消息を求めて江戸に出たが、行方《ゆきかた》は知れなかった。

さらに二年がたち、江戸の町を騒がす白狐の一味の評判が村にも聞こえてくるころ、父親は弟を帖外にした。

兄は父のあとを継いで寺の住職に就いた。

月日は流れ、父母はすでに世を去り、二十年がすぎた。

弟は死んだと、風の噂で聞いた。

兄は父親のような生臭な僧になるつもりはなく、妻を娶らず、ひたすら経を読み、只管打坐《しかんたざ》、無念無想の日々におのれを埋没させた。

だが、南から風の吹く季節がくると、修行の足らぬ兄は、とき折りふとよぎる弟の面影に、心を乱されるのであった。

「弟さんは、勘兵衛さんは、死んじゃあいなかった。二十年がすぎた春、勘兵衛さんは村に帰ってきた。ご住職は知っていたんですね。弟さんが白狐、白狐の勘兵衛であることを。だから勘兵衛さんを隠した」

谷川は膝を乗り出した。

「村の聖《ひじり》であるご住職のすることを、村人は誰も咎めだてはしない。みな知っているが口には出さない。あなたは勘兵衛さんを、そのころ亡くなった寺男の和助にして寺に匿《かくま》った。和助は勘兵衛さん、白狐の勘兵衛だったんですね」

住職は、眼差しをまた白い光が舞う堂舎の外の風景に遊ばせた。

痩せた背中を丸め、清く穏やかな浄土の笑みを浮かべ言った。

「あれは、とうの昔、江戸で死にました」

五

日本橋南の大通りから式部小路へ入った料亭〈さの家〉の二階座敷に、晋作に谷川礼介、万次が宗和膳を前に徳利の酒を呑んでいた。

谷川が、会津若松湯川村の禅勝寺住職・龍光の語った弟・勘兵衛と、勘兵衛とからみ合う人間たちの遠く長い物語を、話し終えたあとだった。

せつない物語だと、晋作は思った。

日がようやく落ち、櫺子格子《れんじこうし》窓の外は夜の帳《とばり》がおりていた。

階下の酒席から、箔屋町の職人たちの賑やかな声が聞こえている。

晋作は言った。

「よくわかったよ、礼さん」

「夕べ、銀狼が蔵前の札差を襲ったそうですね」

「八度目だ。お奉行から苦言を呈された。次は専従を解くとね」

「ふん。地道な探索がどういうことか、お奉行にはわかっちゃいねえんだ」

「なんにしてもご苦労だった。万次も、さあ、どんどん呑め」

晋作は谷川と万次の盃に酒をついだ。

「柳橋の花守は、どんな女でしたか」

「美しい女だった。三絃や、唄や踊りもたいした腕前だった」

「花守の芸は、勘兵衛が十年かけて、仕こんだんですよ。芸だけじゃねえ。勘兵衛は、江戸からぼろぼろになって逃げてきた柴崎の子供らに、生きる糧《かて》を与える代わりに、獣のように野山を走り、鳥のように空を飛ぶ技を叩きこんだ。柴崎の子供らを銀狼に育てあげたのは、白狐の勘兵衛です」

花守が柴崎の姉娘の樹、柴崎の子供らが銀狼なら、北庵の正体は寺男の和助であり、勘兵衛……

「城の市を殺したのも、柴崎の子供らなのだな」

「金貸しの城の市は樹とわかって女房になれと迫った。柴崎の子供らが、狼の牙《きば》と爪《つめ》を研《と》いでいることも知らずにです。おそらく城の市殺しも、銀狼の仕業に間違いないでしょう」

「親の仇討《あだう》ち……」

「わたしが思うに、柴崎の子供らは、勘兵衛に仕こまれ、銀狼に仕たてあげられた操り人形なんです。勘兵衛は銀狼を自在に操って、白狐のように再び江戸を荒らし廻り、世間をあっと言わせたかった。おのれが仕こんだ銀狼にしこたま稼がせて、贅沢三昧《ぜいたくざんまい》、それこそ、遊び人の勘ちゃんと言われたころみたいに、面白おかしく暮らす魂胆《こんたん》なんですよ。田舎の村の寺男なんざあ、ばかばかしくてやってられなかったんでしょうよ」

　階下から笑い声が聞こえた。

「そうだろうか」

　と晋作は短い間をおいて、おのれ自身に問うように呟《つぶや》いた。

「礼さん、おれにも花守が樹だということはわかってた。けど、貧しい御家人の娘がどういう道筋で芸者・花守になったのか、それが読めなかったし、ましてや、どうして銀狼などになれるだろうかと、かけ離れすぎて頭の中に収まりきらなかったんだ。今夜、ようやくそれがわかったよ」

　谷川が晋作の盃に酌《しゃく》をした。

「樹が十三歳。英寿が十歳、下の未知丸が六歳だった。貧しい御家人のその日暮らしの中で、父親が小塚原で首を打たれ、病に臥《ふ》せっていた母親は自ら命を絶った。そのうえ、夜露《よつゆ》を凌《しの》ぐ家を追われ、生まれ育った江戸からも追われた。樹は、幼い弟たちを連れて、たった一度助けただけの、どんな男かも知らない勘兵衛を頼って、見知らぬ会津へ向かうしか生き延びる道を知らなかった。金もなくひもじく、どんなに心細い旅だったたろう。想像を絶する強烈な記憶だったに違いない。おれは思うのだ。柴崎の子供らを銀狼に仕こんだのは、そのひもじさと心細さ、その強烈な記憶だったのではないかとな」

「柴崎の子供らは、勘兵衛に操られているのではなく、自ら望んで銀狼になったと、晋さんは仰りたいんですね」

「ああ。おれにはそう思える」

晋作はこたえた。

そして、花守の言葉を思い出していた。

父親と母親の命を奪ったこの人の世へ、無念の思いをはらすため……

同じころ、甲州《こうしゅう》道中上野《うえの》原《はら》の旅籠《はたご》に、三度笠をかぶり同じ紺縞《こんじま》の合羽を引き廻した五人の旅人《たびにん》が、ひと夜の宿をとっていた。

頭《かしら》ふうの小太りの男は、やくざ出入りの助っ人稼業と、金にさえなれば、どんな相手であろうと非情に殺しを請け負う《観音《かんのん》の寅《とら》》こと甲府の寅次郎《とらじろう》、四十二歳である。

あとの四人は、みな三十前後の長身痩軀三人に小柄がひとり、凶状《きょうじょう》持ちを自慢する命知らずの子分たちだった。

その夜、寅次郎は四人の子分を集めて言った。

「みんな、初めての江戸で心浮きたつだろうが、おれたちが凶状持ちだってことを忘れるんじゃねえぞ。町方にとっ捕まったら、小塚原で晒《さら》し首のお陀仏《だぶつ》だ。おれたちは江戸見物にいく甲府の百姓になる。明日《あした》っから怪しまれねえように百姓の形《なり》で旅するからそう思え」

「駒木野《こまぎの》の番所はどうするんで」

「番所なんぞ、いつもどおり避けて通るわさ。御府内にさえ入えってしまえばあとは黒蜘蛛の岩太の廓に転がりこむ。酒は呑み放題、廓の女ともやり放題、それも今度の手間の一部だ」

「おおっ、江戸の女とやれるのかよ。思っただけでも疼《うず》くぜえ」

酒も女もと聞いて、四人の子分らははしゃいだ。

「だが岡場所以外は出ちゃならねえ。外に出ると何が起こるかわからねえ。出るのは仕事を片づけるときだけだ。いいな」

「へい――」

「けど親分、なんでそんなあぶねえ仕事を受けたんですかい。勘兵衛たあどんな男なんで」

「昔、白狐と呼ばれた江戸を荒らし廻った盗人だ。十七、八年前、やつと組んで仕事をしたことがある。金のねえ武家屋敷ばかり狙いやがって、町家は襲わねえ、殺しはやらねえ、会津の田舎者のくせに女郎の前で三味線弾いて長唄なんぞうなりやがって、妙に小洒落た嫌味な野郎だった。反りが合わなくて別れたがこの話が岩太からきたとき、おれは無性にあの野郎が斬《き》りたくなった。それで引き受けた。金だけの問題じゃねえ」

「腕は、どうなんで」

「おれとまあ、五分五分だな」

「そいつあ、相当腕利きですね。今から楽しみだ」

腕が鳴るぜえ――

子分たちは顔を見合わせ、口々に言い、頷き合った。

第六章　おくれ髪

一

五月になり、五日に端午の節供《せっく》、そして日がたちまちすぎ、五月二十八日は江戸の夏本番を告げる風物詩、両国川開きである。

川開きの日は、芝居小屋では曽我物《そがもの》が上演され、夜は両国橋と新大橋の間で、両国橋近辺の船宿や茶屋などが催しの大花火が打ちあげられる。

両国広小路は賑《にぎ》わいをきわめ、見物の群衆が両国橋にあふれ、大川には屋形船、屋根船、猪牙《ちょき》、そのほか猿芝居や影絵で銭を乞う平田船《ひらたぶね》が漂い、両国橋上流は「たまやあ」、下流は「かぎやあ」の声がかかる。

もうひと月以上、銀狼の武家屋敷と札差の押しこみが途絶え、「評判、ひょうばん……」の読売に銀狼の名も義賊の文字も躍ることはなかった。

町奉行所の中では、銀狼はすでに江戸から姿を消したのではないかと言う者も出始めていた。

と言うのも、先月下旬に銀狼に襲撃された森田町の札差・笠倉屋にとって、盗まれた千両が、

「押しこみに入られてこの程度ですんだのだから、不幸中の幸いだ」

と屋台骨を揺るがす被害ではなかったにせよ、銀狼の盗み働きにひと区ぎり入っても不思議ではない相当にまとまった額であることは確かだった。

晋作が指揮をとる北御番所・銀狼探索専従組では、銀狼の正体が、旅の絵師・北庵こと白狐の勘兵衛を首領に、芸者・花守こと元御家人・柴崎沖節娘・樹、同じく英寿、同じく未知丸に違いなしと断定していた。

ただ、組以外には奉行所内でも銀狼の正体は未だ不明と隠密にしていた。町の評判になり、読売が書きたてることによって、町方の動きを銀狼一味に知られ、一味が江戸から姿をくらます場合を恐れたからだ。

晋作は、銀狼がまだ江戸に潜伏していると確信していた。

おのれが銀狼ならどうすると考えたとき、心の底にわだかまる感情がこの江戸を去るおのれを許さない、理由《わけ》もなくそう感じるそれだけの確信だった。

けれども晋作は、玄冶店《げんやだな》の路地ですれ違った北庵にも、恵比寿家の座敷で見つめた花守にも、互いの心を読みとれる同じ人の性《さが》を嗅《か》ぎとっていた。

おれならそうする。

おれはここにいる、さあ、こい、とおれなら言う。

その確信を裏づけるように、五月の下旬になって、長谷川町の地本問屋・松江三四郎の見世《みせ》で、北庵画の〈花守江都《こうと》浮草ごよみ〉という中本の錦絵双紙が売り出された。

双紙には、夜の川舟に遊び、三絃《さんげん》を弾き、舞い踊り、さりげない日々の仕種《しぐさ》など、それらの様子に佇《たたず》んだ花守が、艶《あで》やかな錦絵に写し画《か》かれていた。

最後の一点に、夜の柳橋に提灯《ちょうちん》を提げた花守が、ぽつねんとひとり佇み、大川の方に物寂しげな目を投げている絵があった。

絵双紙の錦絵とはいえ、晋作には見覚えがあった。

そう、あの夜、これと同じ花守を、晋作は猪牙の舟端から目に焼きつけた。

この花守の投げた目の先には、大川に浮く一艘《いっそう》の猪牙を見送っているのだ。

なぜ北庵は、こんな絵を画いた。

晋作は双紙を閉じた。

むろん双紙は、売り出されてすぐ、通人の評判を呼んだ。

ところが、北庵の住まいは、板元の松江三四郎も知らなかった。

北庵は玄治店を越す前に、双紙出板の手筈《てはず》をすべて整え、それから姿を消したのだった。

やっぱり銀狼は江戸を去ったのかもしれない。

「いや、銀狼はまだ江戸に必ずいます。諦《あきら》めてはなりません」

晋作は、石塚、春原、権野を励ました。

晋作たちは、北庵の潜伏先の探索を中心に、一手は元白狐一味の消えた足どりを掘り起こし、また一手は船宿・恵比寿家の監視や松江三四郎の見世の張りこみ、北庵が故郷と称している安房小湊の禅寺の調べにもあたった。


両国川開きの五月二十八日――

五月の雨雲が空に広がり、ぽつりぽつりと雨が落ちて夏とは思えぬ肌寒い日もあったりするはっきりしない天気が続いたあと、幸い雨にもならず、朝から薄日がのぞいて、浴衣《ゆかた》の似合う蒸し暑い夏らしい日になった。

北十間堀《きたじっけんぼり》の北方《きたかた》、向島小梅村《こうめむら》から葛飾四ツ木《かつしかよつぎ》へ向かう掘割の岸道・引舟《ひきふね》通りを、網代笠《あじろがさ》によろけ縞《じま》の単衣《ひとえ》に丸木の梓弓《あずさゆみ》を抱いた梓巫女《みこ》の桂木が、赤い鼻緒の駒《こま》下駄《げた》を鳴らしていた。

その岸道をいく途中、堤《つつみ》を水辺へおりる雁木《がんぎ》と桟橋《さんばし》があり、馬舟が二艘《そう》、繋留《けいりゅう》してあった。

百姓地が両岸に続くあたりに馬舟は珍しくない。

桂木が気にとめたのは、桟橋から二間ほど離れた水辺の枝を垂れた葉柳の緑陰の向こうの水草の中へとめ忘れたような猪牙がつないであったからだ。

岸辺に人影はなく、水鶏《くいな》が遠くで鳴いていた。

桂木はあたりの田植えの終わった百姓地と点在する葺草《ふきぐさ》屋根の農家や、道の先の秋葉《あきば》神社の杜《もり》の彼方《かなた》を見わたした。

物静かなまどろみを覚える景色の中に、楠木《くすのき》や楓《かえで》、欅《けやき》の木下闇《こしたやみ》にまぎれて、桟瓦《さんがわら》を葺《ふ》いた入母屋《いりもや》の納屋ふうの建物が桂木の目を引いた。

百姓家が葺草屋根なのに、一軒だけがぽつんと離れて建つ瓦葺きの佇まいが、納屋ふうだがどこか文人墨客《ぼっかく》の隠棲《いんせい》する瀟洒《しょうしゃ》な仮住まいを思わせた。

桂木は建物のわきの道を、庭の様子をうかがい、人影をさりげなく探しつつ通り越し、建物の裏側に廻った。

木々の間から昼下がりの薄日の差した庭に浴衣や帷子《かたびら》が乾してあった。

桂木は掘割の岸道に戻り、堤の木陰に四半刻ばかり休むふりをして座り、建物の様子をうかがった。

誰か出てくれれば、あとをつけてみるつもりだった。

四半刻がすぎ、人影は見えなかった。

桂木はゆっくり立ち上がり、ぶらりぶらりと再び岸道からそれた。

建物に垣根はなく、表口の戸が開いたままの庭がある。

庭から暗い土間をのぞいた。

土間は建物の反対側まで続いていて、裏口の向こうに樹木が見えた。

台所らしき竈《かまど》が奥に見え、板敷と自在鉤《かぎ》に鉄瓶のかかった囲炉裏《いろり》があった。

黒い屋根裏に太い梁《はり》が交錯し、建物の奥の半分に屋根裏部屋が造ってあった。

農家の納屋を人の住めるように造りなおしたふうだった。

桂木は声をかけた。

「ごめんなさい、ごめんなさい、お祓《はら》いの御用でうかがいやした。ごめんなさい」

人は出てこず、声もかえってこなかった。

「梓巫女の御用はござんせんか。お祓いの御用はござんせんか」

「はい」

やがて筒袖《つつそで》紺無地の長着《ながぎ》におき手拭《てぬぐい》をつけた百姓女が、薄暗い板敷に現れた。

背の高い若い女だった。

女は桂木に微笑《ほほえ》んだ。

色を消して沈んだ装いに隠れた白い光がこぼれ、桂木をたじろがせた。

それでいて女がこぼした光は、建物の薄暗い気配にしっとりと馴染《なじ》んでいた。

「あ、あっしは梓巫女でございやす。本日は、この近くまでまいりやした。お祓いの御用がございやしたら、ど、どうか、お申しつけくださいやし。へえ、お安く、お祓いさせていただきやす」

桂木は、ようやく言った。

女は微笑みを絶やさず、ただ今主《あるじ》が出かけており、主の許しも得ずお祓いはできぬので、遠慮させていただくと、丁重に断わった。

「へえ。わかりやした。あっしは、このへんの村まで、ちょくちょく頼まれてまいりやす。機会がございやしたら、その折りにでも、お声をかけてくださいやし。それでは、お邪魔いたしやした」

桂木は女に礼を言って、逃げるように土間を出た。

女から何か訊《き》き出したかったが、それ以上、女の眼差しを受けていることが恐かった。

着物の下が汗ばむのを覚えた。

胸の鼓動《こどう》が収まらなかった。

桂木は岸道に出ると、後ろをふりかえった。

表の戸口にさっきの百姓女が立って、桂木を見ていた。

桂木は女に礼を投げ、はやる気持ちを抑えて岸道を、ぶらりぶらりと小梅村の方へ戻っていった。

二

夕暮れが訪れ、両国川開きの大花火が始まっていた。

両国広小路から両国橋まで埋めつくした群集は、次々と夜空に打ちあげられる仕掛け花火に歓声をあげ、光の乱舞に顔を染めていた。

猪牙は夏の暮れ泥《なず》む北十間堀を大川に出、川をくだり吾妻橋をくぐった。

下流の両国橋で打ちあげられる花火が、夜空にきらびやかな花を咲かせ、遅れて届く遠い破裂音が、まるで幻影を見ているようであった。

猪牙には、表船梁《おもてふなばり》に鈍茶《にびちゃ》に染めた筒袖の単衣にかるさんを着けた勘兵衛、照柿《てりがき》色《いろ》に小紋を抜いた小袖の樹は胴船梁にかけ、島田に簪《かんざし》が夜目にも花を添えた。

艫《とも》船梁の英寿と櫓《ろ》を操る未知丸は、黒の筒袖の単衣にかるさんで、一尺六寸の脇差《わきざし》を腰に差していた。

無腰の勘兵衛は懐に、樹は丸帯を引き結びにした結び目に匕首《あいくち》を隠していた。

通新町岡場所の花菱屋豪造こと黒蜘蛛の岩太が示した場所は、御公儀御竹蔵のある御蔵橋あたりの川中に屋形船を浮かべて待つ、というものだった。

未知丸の漕《こ》ぐ櫓の音が重く軋《きし》み、花火の音と光が次第に大きくなっていた。

「昼間きた梓弓の女が怪しい。町方の手先ということもある。江戸を出る潮時かもしれん」

勘兵衛が後ろをふりかえって、姉弟に言った。

「それから、今から会う黒蜘蛛の岩太らは油断のならない男らだ。やつらは十年前、おれを裏ぎりだまし討ちを謀《はか》った。だが、傷ついたおれをおまえたちが憐《あわ》れんで助けてくれたお陰で、今日まで生き延びた。思えば不思議な縁だ。おれはおまえたちをとんだ盗人《ぬすっと》仲間に仕たててしまったが、これきりにしよう。やつらが本心で十年前の詫《わ》びを入れ、おれの昔の分け前をかえすのなら仕かえしをするつもりはない。盗みも殺しも終わりにして、会津に帰りたい」

父さん――

と樹が言った。

「盗人になることは、わたしたちの望んだことです。死んだ父や母の無念をはらすため、この世の中に腹癒《はらい》せをするために、わたしたちが自ら願ってこれまでに仕こんでもらった。でも、腹癒せなんて空しい。父さん、会津へ帰りましょう。この十年、父さんと暮らした会津が、わたしたちの故郷だもの」

「ああ、帰ろう。おまえたちは会津でそれぞれ所帯を持ち、子を作って、おれは孫を相手に暢気《のんき》に暮らす」

樹は、ふ、と寂しげな目を水面《みなも》に泳がせた。

勘兵衛は、樹が江戸の誰ぞへ思いを残していることに気づいていたが、儚《はかな》い思い出こそが江戸土産だと、そう考えて黙っていた。

川に昼間のような明かりが一瞬差し、一艘の屋形船が浮かんで消えた。

「あれだ」

勘兵衛が身体を向けた。

群集のあふれる両国橋周辺の大川に、平田船、屋形船、屋根船、猪牙の灯が遊んでいた。

大花火は両国橋と新大橋の間なので、橋の下流にはもっと多くの川舟の明かりが見えた。

橋上からも両国の堤からも群集の歓声が、波のように聞こえてくる。

未知丸は猪牙をゆっくりと屋形船に近づけた。

こへりがごとんと触れて、船が小さく揺れた。

艫に頬かむりの船頭がいて、

「どうぞ、お移りなさって」

と勘兵衛に言った。

勘兵衛は樹に目配せを投げ、二人が屋形船に乗り移った。

すると、船頭が英寿と未知丸の残った猪牙を竿《さお》で押し離した。

「何をする」

英寿が咎《とが》めた。

「へへ……すいやせん。ただ、あくまで昔の仲間同士の話し合い。聞かれたくねえ話もあるかもしれやせんので、話がすむまで離れていておくんなさい。話がすめばお呼びいたしやす」

勘兵衛が英寿と未知丸に、いいだろう、と頷《うなず》いた。

船頭が屋形の障子を開けた。

「おお、勘兵衛兄き、ご無沙汰《ぶさた》いたしておりやした」

腹の出た黒蜘蛛の岩太が、屋形船の二ノ間に座って、勘兵衛と樹を迎えた。

隣に花菱屋の番頭を務める三津助こと鼠の銀八が、頬骨の張った顔に薄ら笑いを浮かべて並んでいた。

屋形のこへりの障子は閉まっていて、打ちあがる花火が障子紙に映った。

「そちらが柳橋で評判をとった花守でがんすね。評判どおり、てえした別嬪《べっぴん》だ」

「今宵は両国の川開き。お互いの今の立場を知りつくした者同士、手短に話を片づけて、江戸の夏を楽しむことにしようぜ」

勘兵衛と樹が向かい合って座った。

「そのとおりだ。なんだかんだと言っても、昔、ともに身体を張った仲間、腹を割って話をすりゃあ誤解も解ける。これを潮に手打ちといきたいもんで」

「別に、誤解があっての話じゃあるめえ。どっちにしろ、いつかは会わなきゃならねえと思ってた。岩太、おめえらのほうから話を望んだのは好都合だ。そちらの考えを聞かせてくれ」

「そんなふうに物わかりよく言ってくれりゃあ話は簡単だ。この場はおれと銀八だけだが、まずもって、おれたちの総意として勘兵衛兄きに詫びを入れる。あんときはすまなかった。今さら言いわけを並べても始まらねえ。いきがかり上、あんなことになっちまった。どうか、水に流してもらいてえ」

岩太と銀八が畳に手をついた。

「いきがかりとは物も言いようだが、今はこうして生き長らえた身。詫びを入れられりゃあ、すぎた昔の恨みを蒸しかえす気はねえ。あとは、おれの分け前があったはず。それをかえせば恨みを忘れる。手打ちにしようじゃねえか」

「そりゃあもちろんだ。勘兵衛兄きの分け前は合わせて六百なにがし、きりをよくして七百両、それに詫び料を足して都合千両、金は用意してある」

「千両たあ豪気だな。結構だ」

「決まった。銀八、銭箱を持ってきてくれ。それから手打ちの盃を交わしてえから、酒の膳も頼む」

銀八が、へい、と頷いて一ノ間の襖《ふすま》の後ろに隠れた。

そのとき、船端の障子に提灯《ちょうちん》の明かりが差し、船の間を廻るうろうろ舟の売り声がした。

「すうしやあ、こはだのすうしい……ええ、稲荷寿しもございやす。花火見物、酒の肴《さかな》に、おひとついかがで、ございやしょう。ええ、すうしやあ……」

「すし屋かい。いいところにきた。ひとつもらおうか」

岩太がこへりの障子を開けた。

うろうろ舟の提灯と手拭で目深に頬かむりをしたすし売りがいた。

「すしを適当に見繕《みつくろ》って四人前ばかし、頼む」

「へい。ありがとうございやす」

頬かむりのすし売りが板子《いたご》に身体を伏せて、すしの用意にとりかかる。

「兄ぃ、ひとりじゃ持てねえ。ちょいと手を貸していただけやすか」

銀八が襖の陰から岩太を呼んだ。

おう、と岩太は襖の陰へいった。

花火があがり、船の周囲が昼間のように明々と照らされた。

樹の後ろの艫の障子に船頭の影が映った。

ぽおん、ぽぽおん……

えっ？

樹が声をもらした。

屋形船の中に誰もいなくなったかに見えた。

音と光が消えた。

その一瞬だった。

うろうろ舟の板子に蹲《うずくま》っていた四人の男が、かぶせていた茣蓙《ござ》を跳ねのけ、にゅうと立ち上がったのだ。

花火が続けざまに打ちあがる。

四人は頬かむりに襷《たすき》がけ、手に長どすをかざしていた。

だああっ――

雄叫《おたけ》びを発し、光と音の乱舞の中をいっせいに屋形船へ飛びこんでくる。

勘兵衛は片膝立ち、行燈《あんどん》をつかんでうろうろ舟の四人に投げつけた。

行燈が飛びこんでくるひとりの男にあたり、油が火の粉になって飛び散った。

「あつっ」

男は叫んだ拍子に足を踏みはずし、舟の間から川に落ちた。

だが三人の男が勘兵衛に襲いかかる。

同時に、襖の陰から岩太と銀八が長どすを振りかざして躍り出てきた。

「くらえっ」

勘兵衛は懐の匕首を抜いていた。

銀八の長どすを撥《は》ねあげると、切っ先が天井に突き刺さる。

ふりおろした刃《やいば》が、銀八の眉間《みけん》から頬と顎《あご》を斬り裂いた。

あたたあ――

銀八は喚《わめ》き、天井に刺さった長どすを捨てて畳に転がり逃げた。

匕首をかえし、岩太の一撃をはじいた。だが、

「くたばれえっ、勘兵衛」

飛びこんできた男の刃が勘兵衛の肩にざっくりと喰いこんだ。

勘兵衛はうなった。

「てめえ、観音の寅かあ」

勘兵衛は肩に喰いこんだ刀身をつかみ、男の腹に匕首を突き刺した。

そのとき樹は、すかさず匕首を抜き三人のうちのひとりの首筋を薙《な》いでいた。

勘兵衛に襲いかかっていた男は、手もなく首筋を裂かれ、血と悲鳴を噴いて反対側の障子を突き破って川に飛びこんだ。

身体をかえし、樹は艫の障子を開け放った船頭の腹に匕首を突き入れた。

匕首は樹のにぎる柄《つか》まで刺し通した。
船頭は身体を折り曲げ、あっぷあっぷと、声もなく喘《あえ》いだ。
樹は船頭の頭を押して匕首を引き抜き、身体を翻《ひるがえ》した。
船頭は樹の背後で笠木《かさぎ》に凭《もた》れかかり、くるりと回転して船尾から川に消えた。
もうひとりが樹に斬りかかる。
だが勘兵衛が後ろから男の腕をつかみ、動きを阻《はば》んだ。
樹の匕首が男の胸から腹を鋭く斬り落とした。
そのとき、岩太が勘兵衛の背中に長どすのひと太刀を浴びせた。
おりゃあっ。
「おのれ、岩太あっ」
勘兵衛と男が縺《もつ》れて倒れる。
父さん——
樹が叫んだ。
岩太がうろうろ舟に飛び移ろうとする。
「あ、あ、兄ぃ、待って、待ってくれえ」
銀八が転がりながら、岩太の足にすがりついた。

「邪魔だあっ」

岩太は血まみれの銀八の顔を蹴《け》り離した。

銀八は顔を覆《おお》ってうめき転げた。

だが岩太はそこで長どすを捨て、喉《のど》を両掌《りょうて》で押さえた。

岩太は、目の前に般若《はんにゃ》の形相で立つ花守を、ちら、と見た。

おめえは——言いかけたが、息のもれる風変わりな音が出ただけだった。

喉からあふれ出した血が、指の間からたらたらと落ちた。

岩太の太った身体がうろうろ舟の板子に叩きつけられ、うろうろ舟は川の流れに乗ってゆっくりと動き出した。

観音の寅次郎は腹に匕首を呑みこんだまま、こへりに凭れ絶命していた。

花火の光が血の海と化した屋形船を明々と映し出した。

樹は勘兵衛を抱き起こした。

父さん——

うろうろ舟から男たちが勘兵衛に襲いかかったとき、英寿と未知丸の猪牙を明かりのない荷足船が浅草御蔵の方から漕ぎ寄せ、襲いかかった。

荷足船には、青蜱の半次、味噌屋の伊助、赤牛の彦一、ほかに岡場所の番小屋の腕の立つのを七人、総勢十人が乗っていた。

英寿と未知丸は屋形船の異変に気づいたが、背後より襲いかかる十人を打ち払うのに手間どった。

若き狼《おおかみ》は牙《きば》と爪を剝《む》き出し、肉を食い破り、骨を砕き、血の雨をふらせ、薪割《まきわ》りのように首や手足を打ち落とした。

狼は二艘の川舟の間を軽々と躍動し、手当たり次第に餌食《えじき》にした。

若造二人を斬り刻むつもりだった十人の男たちは、恐怖の悲鳴をあげて狭い舟の中を逃げ廻らなければならなかった。

死の絶叫や悲鳴は、両国橋の群集の歓声にかき消された。

川に身を投げる間があった者は、むしろ幸運だった。

味噌屋の伊助は首を落とされ、赤牛の彦一は腹を臓物がこぼれるほど裂かれ、川に落ちて死んだ。

逃げおおせたのは、川に飛びこんだ半次と岡場所のやくざ二人だけだった。

半次は浅草御蔵から濡れ鼠《ねずみ》で下柳原の恵比寿家に命からがら逃げ帰り、女将《おかみ》のお駒に喚《わめ》いた。

「えらいことになった。ありったけの金を集めろ。ずらかるんだ」

両国川開きの大花火に集まった群衆が、花火にではなく川面をのぞいて騒ぎ、叫び声をあげ始めたのは、川上から次々と死体が流れてきて、また死体と血だらけの屋形船や荷足船、売り舟が、漂いくだってきたからだった。

「ゆうれえ。ゆうれえが出たあ」

どこかで絶叫が起こり、悲鳴がこたえた。

群集が走り騒ぎ、押し合い圧《へ》し合いになって、怪我人が出た。

両国一帯は騒然となった。

自身番に知らせが飛び、すぐに町奉行所に使いが走った。

両国川開きの大花火は、あがらなかった。

三

この時代、川を流れる死体は放置しても咎めは受けなかった。

だが、目のあてられぬ惨状と死体の多さに、南北両御番所の町方は総動員で怪我人の収容、死体、飛散した腕や首、指や臓物などの検視にあたった。

人足が集められ、船の中の死体や手足、肉片を拾い集めた。

鼠の銀八が重傷だがまだ生きていて、川端に敷いた筵《むしろ》に死体と一緒に並べられた。

顔に巻いた包帯代わりの晒《さら》しが血でぐっしょりと濡れていた。

銀八はうめき、観念したのか、力なく横たわっていた。

廻り方が集まって、唯一の意識の残っている銀八に事の経緯《いきさつ》を問い質《ただ》した。

瀕死《ひんし》の銀八は、最早《もはや》、隠す気力を失っていた。

「名前はなんだ。何があった。わけを洗い浚《ざら》い話せば、お上《かみ》のお慈悲にもあずかれる。このありさまじゃあ、いきつく先は知れてる。ありのままを話して楽になったほうが、おめえの身のためになるんじゃねえか」

町方に問われ、お上のお慈悲と言われると、銀八は血まみれの顔を涙でくしゃくしゃにしながら白状し始めた。

銀八の白状した話は驚くべきものだった。

「あ、あっしは、銀八。三津助と、な、名乗ってやした……」

十年前、白狐の一味だった銀八らは、谷中三崎町のお麻という女の私娼窟《ししょうくつ》で白狐の首領・勘兵衛をだまし討ちにし、勘兵衛の金を奪い、みなそれぞれ名前を変え違う人間に成りすました。

だが、十年がたった今年の春、死んだはずの勘兵衛が突然現れ、新しい仲間とともに武家屋敷と蔵宿を襲い始めた。

「それが今、江戸を騒がせてる、ぎ、銀狼なんでござい……」

勘兵衛の仕かえしを恐れた六人は、勘兵衛を再び始末することに決め、殺し屋に観音の寅こと甲府の寅次郎と子分を雇い、今宵、大川の屋形船に勘兵衛を誘《おび》き出し襲撃した。

挙句が自分はこのありさまで、勘兵衛一味も仲間も、どうなったかはわからない、というものだった。

「勘兵衛の、銀狼の隠《かく》れ処《が》はどこだ」

「し、知らねえ」

「どうやって連絡をつけた」

「やつら、恵比寿家を、あ、足がかりにして、押しこみを、働いて、た。ときどき、恵比寿家に顔を、出した。そ、そのときに……」

「勘兵衛の、仲間は」

「三人、誰か、知らねえ。けど、ひとりは、柳橋の芸者、は、はな……」

十年前、勘兵衛と同じころに姿を消した白狐の一味の足どりを追っていた春原と権野は、この白状に驚愕《きょうがく》した。

奉行所に急ぎとってかえし、奉行所につめていた晋作に事情を報告した。

ちょうど同じころ谷川礼介の使いが奉行所に駆けこみ、絵師・北庵と弟子、および花守らしき四人の隠れ処を見つけた、との知らせが飛びこんできた。

場所は向島小梅村——

すでに四ツだったが、すぐに捕り方出役が準備にかかった。

内座之間で奉行が捕り方出役の儀式を行なったあと、白狐一味の捕縛には南北両奉行所捕り方が手分けして向かい、春原と権野はそちらのほうに同行した。

小梅村には晋作自らが石塚と平同心を率いて向かった。

火事羽織、野袴《のばかま》、陣笠の晋作は、自ら槍《やり》を携え、奉行所の馬に乗った。

表門が開かれ、案内の使いを先頭に、馬上の晋作、鎖帷子《くさりかたびら》に黒の股引《ももひき》半着の石塚ら同心とそれぞれの抱える小者手先数十人が、御用提灯、熊手《くまで》、大八車、捕り縄、突棒《つくぼう》、刺股《さすまた》、袖搦《そでがらみ》をかつぎ、寝静まった江戸の町に繰り出した。

早足の馬蹄《ばてい》が夜道を、かっ、かっ、と響かせる。

日本橋、内神田、浅草橋をすぎて鳥越橋、蔵前から浅草寺雷門《かみなりもん》、そして深夜の吾妻橋の橋板を踏み鳴らした。

一刻前、小梅村掘割の一軒家に、勘兵衛と樹、英寿、未知丸は戻っていた。

姉弟は勘兵衛を必死に手あてするが、勘兵衛の傷は深く、あふれる血はとまらなかった。

樹は「どうして、どうしてなの……」と童女のように呟《つぶや》きながら、涙をこぼし、勘兵衛の身体に晒しを巻き続けた。

「樹、もういい」

勘兵衛は樹の血だらけの手をにぎり、

「英寿、未知丸」

と一方の手を差し出した。

英寿と未知丸が勘兵衛の差し出した手をにぎった。

「すまん、これまでだ。おまえたちはすぐにここを出ろ。町方がくる。ぐずぐずするな。見張りがいるかも、しれねえ。闇にまぎれて、気をつけて抜け出せ。そのまま会津に……町方はおれひとりで、引き受ける」

「何を言うの、父さん。みなで一緒に会津に帰るのよ」

「樹、この傷をよく見ろ。おれはもう、助からねえ。これでいいんだ。おれは人の何倍も、面白おかしく、生きた。おまえたちのお陰で、十年も余分に楽しくなころ合いだ」

樹は両掌に包んだ勘兵衛の手を涙で濡らした。

耐え難い悲しみが樹を打ちのめしていた。

「おれの手文庫に、おまえたちの、通行手形がある。金で買った、物だ。しばらくは、大丈夫だ。舟で千住までいき、そこから会津を目指せ。どうでも会津に帰りつけば、兄きの龍光が、おまえたちのそれからあとの、面倒は見て、くれる。兄きには、前から、話してある」

「いやだ。父さんがここに残るならわたしも残る」

「ばかを言うな。おまえたちの、先は長い。これから、山のような苦労を積んで生きるのが、おまえたち若い者の、務めだ。いいか、な、何があっても、生き抜くんだ」

勘兵衛は姉弟の手をふり払った。

「いけ、早くいけ。ときが、惜《お》しい。英寿、未知丸、樹を連れ出せ」

英寿と未知丸は涙ながらに、勘兵衛のそばを離れようとしない樹を無理やり連れ出した。

勘兵衛は板敷を這い、姉弟を見送った。

達者で暮らせ——

勘兵衛は呟き、脇差を杖《つえ》に立ち上がった。

刻がたち、姉弟を乗せた猪牙は小梅村の暗い掘割を、音もなくすべった。

板子にうずくまった樹の忍び泣きだけが、小鳥の声のように夜の静寂を破っていた。

はおおおお……

狼の悲しげな遠吠えが、暗闇の彼方から聞こえた。

晋作を中心に捕り方の一隊が小梅村に近づいたとき、堤道の前方から菅笠をかぶった谷川礼介が現れた。

「礼さん、遅れてすまん」

晋作が馬上から声をかけた。

谷川は晋作の横に並びかけ、駆けながら言った。

「やつらの家は闇に包まれています。見張りはつけておりましたが、暗くてやつらの動きが上手くつかめておりません。けど中に人の気配は間違いなくあります。鼓さま、一気に踏みこみましょう。あそこです」

樹林と入母屋の影が夜空の下にうずくまっていた。

「わかった。石塚さんは表から。あとの面々は手の者を率いて裏に廻り、表の踏みこみに呼応して一気に突入を図れ」

晋作は馬を駆ったまま命じた。

「承知」

同心たちの声がかえってくる。

堤道をそれた御用提灯の一隊は、ざ、ざ、と二手に分かれていく。

晋作は馬を狭い畦道《あぜみち》から表の庭に進め、続いて御用提灯を提げた石塚らが庭に展開した。

晋作が手綱《たづな》を引くと馬が激しくいなないた。

谷川は晋作の傍らについている。

石塚が御用提灯をかざして前に進み出た。

「御用である。御用である」

石塚の野太い声があたり一帯をゆるがした。

建物は静寂に包まれていた。

「いくぞ」

手の者に命じた、そのときだった。

建物の中から油の燃える臭いがした。

うん？　なんだこの臭いは。

暗闇にうずくまっていた建物の中からぱちぱちと木の爆《は》ぜる音がし、締めきった板戸の隙間からゆらめく火が見えた。

「火事だあ」

石塚が叫んだ。

先に駆けた捕り方が表戸に槌《つち》を叩きつけた。

戸を破り蹴り倒すと、煙が出口に殺到して渦を巻き、捕り方を包んだ。

そして煙の中から、火の手がごおっとうなりをあげて噴いた。

「さがれ、さがれ」

捕り方は慌てて、後ろに退った。

戸口から吐き出された煙と火が、めらめらと勢いを増すのがわかった。

ぼん、ぼん……

中で何かが炸裂《さくれつ》する音が無気味だった。

やがて火は、建物の周囲のそこかしこから噴き出て、壁板を這いのぼり、屋根に達し、全容を明々とくるみ始めた。

見る見るうちに紅蓮《ぐれん》の炎となって、捕り方の驚いた顔を赤く染めた。

晋作の馬が前足を跳ねていなないた。

炎の勢いに誰も手が出せなかった。

炎は雄叫びをあげるかのように激しく燃え盛り、周囲の樹木に移り、夜空に火の粉を盛んに散らした。

近在の百姓らが出てきて、火が延焼しないように周辺の家の屋根に大騒ぎで水をまき始めていた。

「屋根だっ」

捕り方のひとりが炎に包まれた入母屋の屋根を指差した。

わああ——

歓声があがった。

瓦屋根だけが渦巻く炎の接近を阻んで残っており、その屋根に悠然と立ちつくし、地上を見おろしているひとつの人影があったからだ。
北庵だった。
晋作は固唾《かたず》を呑んだ。
花守と若い弟子たちはどうなった。
この紅蓮の炎に包まれているのか。
北庵は夜空に顔をあげた。
そして迫る炎にたじろぎもせず、吠えた。
はおおおお……
長く悲しげな狼の遠吠えが、赤く焼けた夜空に木霊《こだま》した。
晋作の馬がまたいなないた。
捕り方たちも、ただ呆然《ぼうぜん》と北庵を見あげるばかりだった。
北庵、おまえは何も言わず死ぬつもりか。
けれども、北庵の遠吠えが途絶えた。
火が、屋根の上の北庵を包んだかに見えた。
北庵の影がうずくまったのがわかった。
次の瞬間、建物は炎の中に崩落した。

四

夏の早い夜明けが近づいていた。

青みを帯びた湿った大気が、小塚原の繁茂した草原におりた。

千住街道小塚原畷《なわて》は、暗い中にも薄っすらとした白みが滲《にじ》むように、浮き出ていた。

道の両側に人家の影は見えず、はるか遠くまで草木の影が暗く果てしなく広がっていた。

ただ、街道沿いの彼方に、仕置場にたつ石像座身の仏像と一丈の石碑の影が小さく見えた。

星は消えたが、烏《からす》の鳴き声はまだない。

白樫《かし》の若い木が、道端に一本ぽつんとたっていた。

その木の下に、陣笠に火事羽織、野袴に槍をわきに抱えた侍と、菅笠に縞の単衣を裾端折りに、脇差を一本、すとんと差した旅人《たびにん》ふうの男が、まるで立ったまま眠っているかのように佇んでいた。

鞍《くら》をおいた馬が木の枝につながれ、道端の草を食《は》んでいた。

二人は小梅村から小塚原畷までの道を早足に駆け、およそ半刻前、悲愴森々《ひそうしんしん》と死霊の眠る六十間の刑場をすぎ、白樫のたつこの場所にきて、ようやく立ちどまったのだった。

ほどなく、空は白み始めるだろう。

男が顔をあげた。

あたりの気配が揺れ、ゆるやかな風が二人の男の頬をなでた。

まるで死霊が男たちに戯《たわむ》れかけたかのようだった。

侍が街道の先、刑場のある方角にじっと目を向けていた。

男は誘われたかのように、侍の見つめている方角に鋭い眼差しを投げた。

黒い闇が動いていた。

男の背筋に戦慄《せんりつ》が走ったのは、束の間、幽霊かと思ったからだ。

あるいは獣か、いや、ただの気のせいか。

だが黒い闇は、間違いなく動いていた。

「いこう」

侍が言い、馬に跨《またが》った。

男は侍の乗った馬の轡《くつわ》をとって、黒い闇に向かってゆっくりと歩み始めた。

小梅村の焼け落ちた建物の残骸《ざんがい》の中に、黒こげた死体がひとつしか見つからないことを確かめたとき、深い安堵《あんど》が晋作の胸を流れた。

「見事だな」

晋作は焼け跡を見つめたまま、傍らの谷川に言った。

「ええ、勘兵衛らしい最期だと思います。ひとりで、銀狼も白狐も、冥土《めいど》に持っていきやがった」

谷川はこたえた。

もはや、北庵は死んだが、花守と弟子は……

苦渋が晋作の胸をゆさぶった。

「花守……柴崎姉弟を、追わねばならん」

傍らの谷川が晋作を見あげた。

馬が鼻息を鳴らしていた。

「三人のいき先が、わかりますか」

「江戸を一途《いちず》に離れるだけなら、姉弟は舟を使い、大川から千住に出て、会津を目指すだろう。そうであれば、もう追いつけん」

「江戸を出たらもう忘れる、会津禅勝寺の龍光に約束しました」

晋作は馬の首を廻した。

「だがおれは、姉弟はそうはしないと思うのだ。いきたいところがある。礼さん、きてくれ」

晋作は馬の腹を蹴った。


晋作と谷川は白み始めた道を、ゆっくりと歩み続けている。

彼方のぼうとした黒い闇は、少しずつ、黒い人影になっていた。

影は二つ、いや三つ重なって、夥《おびただ》しい遺体が埋められ、盛り土が波打ち、惨々と雑草の広がる刑場に、供養の祈りを黙然と捧げ始めていた。

道の彼方から近づく晋作と谷川にまだ気づいていないのか、気づいてはいても祈らずにはいられないのか、三つの影はじっと動かなかった。

父と母と姉弟の幼きころの、柴崎一家の日々が、打ち落とされた父の首と一緒にここに埋められている。

二度と祈ることのない祈りを、姉弟は胸に刻んでいるのだろう。

二度と供養することのない父と母の眠る江戸に、別れを告げているのだろう。

晋作は、花守はきっとそうすると思った。

谷川は何も言わず、馬の轡を前へ前へと進めていた。

やがて影は顔をあげ、刑場をあとにし、晋作と谷川の方へ向かってきた。

晋作は槍を抱えたわきを絞った。

両者の距離が近づくにつれ、白みゆく道筋に三人の旅人の姿が見えた。

敵意も怯《おび》えもない、穏やかな歩みだった。

前は女で、網代笠に顔を隠し、太縞の小袖と手甲脚半《てっこうきゃはん》をつけた草鞋《わらじ》履き、三味線《しゃみせん》を包んだ青い袋を胸に抱えている。

後ろに続く二人は、三度笠をかぶり、ひとりは風呂敷包み、ひとりは小葛籠《こつづら》を背負って、旅芸人の一行を思わせる風体だった。

両者の距離が七、八間ほどになったとき、晋作は馬をとめた。

だが旅人は、晋作たちの右側にまっすぐ近づいてきた。

馬上の晋作と、馬の轡をとる谷川に、見向きもしなかった。

空が白み、野に鳥の鳴き声が聞こえ始めた。

三人の草鞋が、しんしんと道を踏んでゆく。

晋作と谷川の傍らを通りすぎようとする手前まできて、先頭の女が歩みをとめ、たおやかに頭《こうべ》を垂れた。

後ろの二人の三度笠が小さく揺れた。

「旅の人、これからどちらへ」

谷川が言った。

「はい。行方《ゆくえ》定めぬしがない旅芸人でございます。浮かれ戯れながら、北へ参ろうかと……」

「北へか」

谷川はそれ以上問わなかった。

女は網代笠の陰から光る目を谷川に向け、それから晋作を見あげた。

ほんの一瞬、晋作と女は眼差しを交わした。

おくれ髪が二筋三筋、女の白いうなじにそよいでいた。

晋作の脳裡に無限の思いが錯綜した。

晋作は馬の腹を蹴った。

馬は鼻息を鳴らし、蹄《ひづめ》をかいた。

「健《すこ》やかに、旅を続けられよ」

晋作は女にひと言、声をかけた。

しかし、それだけだった。

馬の轡をとる谷川も、ただそれだけのこととして、再び歩みを前に進め、旅人の傍らから離れていった。

女と二人の若者は、千住街道小塚原畷の道端に佇んで、馬上の侍とその轡をとる男を見送った。

旅人に、言葉はなかった。

終章驟雨

この二月の半ばから続いた銀狼一味の押しこみの一件は、向島小梅村の隠れ処において、首領の勘兵衛という男が捕り方に囲まれ、隠れ処に火を放ち、隠れ処もろとも炎に包まれて死んだことによって一応の落着を見た。

勘兵衛の子分らは散りぢりに江戸から姿をくらました様子だが、子分など首領がいなくなれば所詮《しょせん》は小者、関八州の津々浦々に触書《ふれがき》が廻って遠からずお縄になるだろうと、世間の評判は大旨《おおむね》そういう見方に落ちついた。

また銀狼探索の過程で、十年前まで十数年にわたって江戸を荒らし廻っていた白狐も銀狼の首領の勘兵衛、つまり白狐の勘兵衛率いる一味だった事実をつかみ、銀狼のみならず、白狐一味も始末できたことは奉行所の評判を高めた。

殊に、銀狼探索の専従組を設け一件解決に導いた北町奉行・榊原主計頭《ほごこ》の手腕は高い評価を受け、見事、老中阿部備中守の要請にこたえ、面目を施したと、もっぱらの評判であった。

読売は、銀狼の一件よりも、白狐の勘兵衛が十年前裏ぎった仲間らへの仕かえしのために江戸に舞い戻り、五月二十八日の両国川開きの夜、大川の屋形船で繰り広げた銀狼一味と白狐一味の死闘と顚末《てんまつ》ばかりに目を向けた。

そのため、勘兵衛がじつは絵師・北庵で、その弟子や身請けされた柳橋の芸者・花守が銀狼の一味という噂《うわさ》は結局広がることはなく、絵師・北庵は弟子と花守とともに今もどこかで隠棲《いんせい》しているものと見られていた。

しかしそれには、町奉行所と評定所の評議によって、十年前斬罪になった元小普請組御家人・柴崎沖節の遺児が、御公儀に恨みを抱いて義賊・銀狼になったというような噂がたたぬように緘口《かんこう》令を敷き、銀狼が現れた事情を極力隠密にした、という配慮が働いていた。

銀狼と白狐との対決という筋書きの中で、銀狼の一件はそのまま幕を閉じたのだった。

ちなみに、白狐一味始末の結末は、南北両奉行所の捕り方が出役した花菱屋の豪造こと黒蜘蛛の岩太を始め、味噌屋の伊助、赤牛の彦一は見つからなかったが、大川での死闘で打たれていたことが後に判明した。

下柳原で女将《おかみ》のお駒こと元谷中三崎町の私娼《ししょう》・お麻と船宿・恵比寿家を営んでいた与衛門こと青蟬の半次は、あり金を持って逃亡を図《はか》ろうとしたまさにそのとき捕り方が踏みこみ、両名とも縄を打たれた。

むろん、二人が白状した銀狼の正体も奉行所内で伏せられた。

白狐一味の素性を洗い浚《ざら》い白状した鼠の銀八は、浅草溜《ため》に収容され手あてを受けたが、結局、半月後、苦しみながら息を引きとった。


六月、晋作は常の詮議役吟味方与力の仕事に戻った。

梅雨《つゆ》明け、麻の継裃《つぎかみしも》にも汗が滲《にじ》む極暑の日が続き、居室の縁側に吊《つ》るした風鈴の音がほっと安らぐ、そんなある日の午後、驟雨《しゅうう》になった。

菅笠に紙合羽《かみがっぱ》を羽織り、降りしきる雨の中を八丁堀の屋敷に戻った晋作は、高江の手伝いで涼しい帷子《かたびら》に着替えると、縁側の柱に寄りかかって雨に濡れる庭を眺めながら、風鈴の安らかな音色に耳を澄ましていた。

高江は居室で晋作の脱いだ裃や単衣《ひとえ》を畳んでいた。

奥の父母の座敷の方から苑とよちよち歩きを始めた麟太郎の声が聞こえてくるのが、心なごんだ。

「子供らはどこかに出かけていたのか」

「はい。お義父《とう》さまとお義母《かあ》さまに連れていただいて、愛宕《あたご》さまの縁日にいっておりました。鬼灯《ほおずき》を買ったと苑が申しておりました」

「そうか、今日は愛宕祭であったか。雨に降られたろう」

「うまい具合に、雨が降り出す前に戻られましたので……麟太郎が重くなったと、お義父さまが驚いておられました」

「ふふん。早いものだ。麟太郎が生まれてもう一年がすぎた」

晋作は、銀狼の探索が終わって常の公事《くじ》の詮議に追われている日々に、少し物憂いものを感じていた。

奉行所では、銀狼探索の結果について、晋作への評価が分かれていた。

誰もできなかったあの白狐の勘兵衛を追いつめたという評価と、銀狼一味が一網打尽《いちもうだじん》にはならなかったことに晋作のつめの甘さを指摘する声もあった。

そのような評価など晋作は気に留めていなかったが、近ごろ感じるその物憂い気分を持て余していることも事実だった。

高江が盆に麦茶の器を乗せて、晋作の傍らへおいた。

晋作は冷えた麦茶を口に含み、香ばしい匂いを嗅《か》いだ。

ふと、人はこうして老いていくのだなと、思った。

「花守とは、どのような芸者だったのでございますか」

「え？」

高江にさりげなく訊《き》かれ、晋作はわれにかえった。

「あ、ああ、柳橋の評判の芸者だったと聞いている」

高江は、くすりと笑った。

「お揚げになったのでございましょう、その花守を。相田が申しておりました。柳橋の芸者に、あなたはお持てになったそうでございますね」

「相田のやつ、そんなことを言ったのか」

高江がくすくすと続けて笑った。

「なんだよ。何かおかしいか」

「相田がお義父さまと同じようなことを申しておりました。旦那《だんな》さまの手綱《たづな》をしっかり引き締めるのも奥さまのお役目ですぞ、などと」

「いらぬことを……あれも役目だよ」

「わたくしは別にかまいませんけれどね。夫が持てないより持てたほうがよろしゅうございますもの」

晋作は照れ隠しに麦茶をまた口に含んだ。

夜の柳橋に佇《たたず》んでいた花守を思い出した。

あれからもう二カ月以上がたっている。

一瞬、あの夜明け前、小塚原の街道ですれ違った旅芸人の女の、網代笠の陰の奥に光った眼差しとおくれ髪を思い出した。

けれども、それだけだ。

高江は晋作の照れた表情をのぞいて、おかしそうに笑っている。

「しょうがないなあ」

晋作は、高江に対してなのか、おのれになのかよくわからず、呟《つぶや》いた。

軒下にさげた風鈴が、ちりん、と鳴り、奥で子供たちのはしゃぐ声がし、通りから豆腐屋の売り声が聞こえた。

「とうふぃ、とうふぃ、なまあげがんもどき、とうふぃ……」

雨は江戸の町に降り続いていた。

コスミック・時代文庫

おくれ髪《がみ》
吟味方与力人情控

【著 者】
辻堂《つじどう》 魁《かい》

【発行者】
杉原葉子

【発 行】
株式会社コスミック出版
〒154-0002 東京都世田谷区下馬 6-15-4
代表 TEL.03(5432)7081
営業 TEL.03(5432)7084
FAX.03(5432)7088
編集 TEL.03(5432)7086
FAX.03(5432)7090

【ホームページ】
http://www.cosmicpub.com/

【振替口座】
00110-8-611382

【印刷／製本】
中央精版印刷株式会社